LA NUIT SE LÈVE

DU MÊME AUTEUR

LA PEAU DURE, Grasset, 2002.
TU N'ES PAS LA FILLE DE TA MÈRE, Grasset, 2004.
BEL DE NUIT, GERALD NANTY, Grasset, 2007.
LE LIVRE DES VANITÉS, Éditions du Regard, 2008.
LE DÉTAIL QUI TUE (avec François Armanet), Flammarion, 2013.

ÉLISABETH QUIN

LA NUIT SE LÈVE

BERNARD GRASSET
PARIS

Bande : JF Paga

ISBN 978-2-246-85610-8

« Le serpent s'esquiva
mais le regard qu'il me lança
resta dans l'herbe »

Kyoshi

« Je bois les eaux du Léthé. Le docteur m'a interdit la tristesse. »

Pouchkine

Il virevolte à travers le cabinet, mon volumineux dossier à la main. J'appréhende l'examen. « Asseyez-vous. Attendez-moi. Venez par ici. Passez-moi les derniers champs visuels. Non, dans l'ordre chronologique. Arrêtez de parler. » J'obéis à tout, servile, comme s'il s'agissait d'obtenir une bonne note ou une assurance de guérison. Je me laisse guider par un médecin réputé qui veut voir, de ses yeux voir, ce qui fait que les miens ne voient plus la nuit, et de moins en moins le jour. « Posez le front contre la barre de fer. » Je pose et pousse plus que nécessaire. Mon œil gauche s'ouvrira pour lui comme une fleur.

L'observation de l'angle irido-cornéen se fait à l'aide d'une bille de verre transparente détournée de son usage ludique. D'un geste sûr, le médecin pose la bille sur mon globe oculaire préalablement anesthésié. J'apprendrai par la suite qu'à ce stade de la gonioscopie, certains patients font un malaise vagal. La pièce est dans la pénombre. J'ai honte d'être à ce point moite. Jamais de pull en laine les jours d'examen. Nous nous faisons face. Son œil droit en miroir de mon œil gauche. Deux inconnus concentrés à mort, séparés par la lentille d'une lampe à fente.

Un faisceau lumineux me sabre l'œil. L'ophtalmologiste promène sa bille avec tact le long de mon globe insensibilisé. Dur sur mou, froid sur chaud, œil de verre sur œil de chair. Liturgie maculaire. Sensations redoutées. Images atroces dans la tête, œil fendu au rasoir, globe énucléé. Je ne ressens rien.

La bille de verre repasse de droite à gauche, langoureuse longitude. Je transpire et serre les dents. Les lames d'un patineur font des 8 sur le lac gelé de mon œil gauche. La vision me fracasse le cerveau. Rivé à sa bille, le médecin mate mon œil glaucomateux, évalue la dégradation du nerf optique. Nous ne nous connaissions pas quinze minutes auparavant, et nous voilà, respirations mêlées, engagés dans un échange aussi intense que du sexe. Tendus vers le même terme. Exploration manuelle et intellectuelle. J'en souris, je crois. La beauté du geste m'émeut, mes orteils se décrispent.

Je finis par m'abandonner au médecin. À son verdict. Et bientôt, peut-être, à son scalpel.

J'y voyais mal, mais pas *clairement* plus mal, ni de près, ni de loin. La photo d'un cheval de labour portant des œillères fut le déclic : des œillères invisibles limitaient mon champ de vision sur les côtés extérieurs, me procurant la sensation d'une vision en tunnel. Déjà très myope, je redoutais une aggravation de la maladie et consultais, ce qui ne m'était pas arrivé depuis des années, me limitant aux mesures prises par les opticiens et les optométristes pour la prescription de lentilles correctrices.

Je pris rendez-vous avec un vieux mandarin ayant consacré quarante ans de sa vie au glaucome dans un service hospitalier. Il avait une voix douce et lasse, avançait à petits pas prudents sur une moquette défraîchie, et me mena dans un bureau où la lumière était occultée par de lourds rideaux, qui sentait le renfermé et était équipé d'instruments hors d'âge. Il me fit asseoir derrière un appareil de métal noir qu'on eût cru dessiné par Giger, le père d'Alien, s'approcha, ventousa un engin sur mes yeux écarquillés ; je me liquéfiais tandis qu'il prenait ses mesures en soufflant très fort (emphysème ? contrariété ?) puis, se rejetant en arrière avec le tonus d'un diablotin monté sur ressorts, il s'écria « vous avez un double glaucome, chère Madame » et ajouta, comme si je n'avais pas l'air assez perdue, « si vous viviez en Afrique subsaharienne ou dans le Sud-Est asiatique, vous pourriez devenir aveugle en dix, quinze ans, mais nous sommes en France, heureusement ».

Lorsque je repris mes esprits, par la violence de l'annonce assommée, il me tapota la main sans chaleur, et me poussa gentiment vers son bureau, mon chéquier, et mon manteau, pas par avidité car c'était un pur, mais pour se débarrasser de moi au plus vite.

« Je ne pourrai pas m'occuper de vous, il faut vous faire suivre, vous soigner, ça se soigne très bien le glaucome, vous verrez, bonjour Madame. »

J'ai beau faire, je ne me souviens pas du visage de ce médecin. Son diagnostic brutal l'associe à l'oblitération des formes et des visages, à la notion d'effacement, et sans que je l'aie voulu, ma mémoire m'a vengée.

« *Autrefois le temple Engaku abrita ma retraite*
Aveugle je n'ai pas réussi à approcher l'Éveil
Mais dans les collines verdoyantes
L'homme ordinaire que je suis trouvera refuge
Au retour de mon voyage au royaume de la mort
J'ai levé les yeux vers le ciel
La lune était levée. »
Sôseki, *Choses dont je me souviens*, 1911

La vue va de soi, jusqu'au jour où quelque chose se détraque dans ce petit cosmos conjonctif et moléculaire de sept grammes, objet parfait et miraculeux, nécessitant si peu d'entretien qu'on le néglige.

À tort. Je ne sens pas la maladie. Elle n'est pas douloureuse, mais je la vois à chaque clignement. La maladie est *devant* et *dans* mes yeux. Quoi que je regarde, avec attention ou sans y penser, route, tableau, nuage, visage, écran ou oiseau de Minerve, il y a toujours, au milieu de la partie inférieure de mon champ de vision, une présence en forme de petit tumulus, de dé à coudre. Le bout de mon nez. Nous ne sommes plus seuls, ce que je fixe et moi. Un intrus s'est glissé, et ce parasite qui altère, pollue tout ce que je regarde, c'est l'ombre portée de mon glaucome.

Faites l'expérience : fixez votre regard sur la ligne d'horizon, un mur ou sur ces lignes. Maintenant disposez un de vos doigts en forme de capuchon sur le bout de votre nez. Continuez à regarder. Vous la voyez, en bas, cette présence incongrue ?

Je vous envie et je vous déteste car vous venez de retirer votre doigt de votre nez. Vous êtes un peu agacé par cette expérience ridicule. Moi aussi, d'autant que votre doigt est, pour toujours, sur mon nez.

Nom du plus ancien ophtalmologiste connu, relevé sur une stèle égyptienne de la VIe dynastie : Pepi-Ankh-Or-Iri.

Tintin et Milou ne sont pas loin.

Envie d'enlacer fraternellement ces hommes et ces femmes aux visages barrés par de grosses lunettes noires. Je ne vois qu'eux dans les rues. Hommes-insectes, femmes aux yeux de mouche, glaucomateux agressés par la lumière diurne. Sosies déplorables et bouleversants de Stevie Wonder, Ray Charles, et aussi Gilbert Montagné. La musique en moins.

Les collyres administrés matin et soir diminuent la pression intraoculaire liée à la production d'humeur aqueuse, et favorisent son élimination par le trabeculum. J'en mets depuis 2008. Si mon observance fut fantaisiste dans les premiers temps, elle est devenue rigoureuse et même maniaque. La posologie est invariable : une goutte de Monoprost le soir, une goutte de Cosopt matin et soir. Avant ces deux merveilleux produits exempts de conservateurs, je fus soignée avec d'autres molécules associées les unes aux autres, chouettes cocktails familiers des glaucomateux : Cartéol, Azarga, Alphagan, Travatan, Lumigan, Ganfort, Simbrinza, ronde de bêta-bloquants, prostaglandines et autres inhibiteurs de l'anhydrase carbonique aux effets secondaires plus ou moins tolérés, nausées, céphalées, essoufflement, insomnies, démangeaisons oculaires et rougeurs, altération du goût, bronchospasme, palpitations, arrêt cardiaque, j'en passe, les notices sont des cimetières d'hypocondriaques.

Le plus bénin et le plus comique parmi ces effets indésirables, c'est l'hyperpilosité. La notice n'en fait pas mention, mais les fabricants de produits de parapharmacie stimulant la pousse des cils le savent bien, qui utilisent les mêmes principes actifs dans leurs mascaras. Latanoprost, Lumigan, Monoprost font pousser les poils sur tout le corps, avec mention particulière pour le visage. Sans aller jusqu'à l'hirsutisme, l'invasion est réelle, et le poil vigoureux, sain et surtout, véloce. Un demi-millimètre par jour, à vue de nez. C'est énorme pour une femme normalement soucieuse de son apparence mais sous-équipée du côté de la confiance en soi, une femme qui évolue dans un milieu professionnel compétitif et cruel, le monde de la télévision, qui scrute à la loupe l'apparence de ses protagonistes à l'écran.

Chaque jour, je consacre de très longues minutes à la traque de ces poils, face à des miroirs toujours plus grossissants, à l'aide d'une batterie de pinces à épiler biseautées, droites ou coupantes, ou de mini-bandelettes dépilatoires cireuses. Problème : il y a de plus en plus de poils (un effet accumulatif des collyres ?) et je vois de moins en moins bien. Impossible de tout désherber. Et pas question de prendre de l'Androcur, ce médicament contre la pilosité excessive décuple les risques de tumeur au cerveau…

D'où la multiplication de petits moments de honte sociale, devenus quotidiens, quand un regard gêné ou goguenard – souvent féminin – fixe un poil noir oublié sur mon menton, ma lèvre supérieure ou, malaise suprême, sur ma joue.

Malvoyante et femme à barbe ? La double peine.

Être aveugle, est-ce avoir un rapport nécessairement distancié à son corps au point d'être indifférente à son apparence physique, et au jugement des autres ? Comment une aveugle s'envisage-t-elle jour après jour, sans reflet ? La question vaut pour un homme, aussi, mais la femme de cinquante-cinq ans que je suis, cheveux blancs-corps juvénile, se projette. Ride véloce, poil intempestif, miette de nourriture collée à la commissure des lèvres, épi dans les cheveux, tache, trou, salissure, couleurs qui jurent entre elles : le petit coup d'œil mécanique au miroir en passant, l'œillade approbatrice en direction du reflet, les longues minutes de stase dégoûtée devant la glace, autant de modalités du dialogue avec soi totalement étrangères aux aveugles. Comment se voient-elles ? Toujours par un truchement. Une aveugle ne vérifie pas son apparence toute seule, il lui faut une traduction, le regard d'un autre. L'image de soi dépend de l'autre, devenant une sorte d'élaboration fictionnelle sur laquelle l'aveugle n'a aucun contrôle. Cette déperdition de sa propre image est-elle supportable ? Miroirs humains, oracles sortis d'une féerie à la Cocteau, miroirs tout-puissants dont la bonté est impossible à garantir, réfléchissez bien à votre responsabilité.

Être sûre de soi sans se voir, se connaître sans se voir. Libération ultime ? Développer une acceptation de soi semblable à celle des mystiques, des vagabonds et clochards, des migrants, des nomades, de tous ceux qui vivent sous la ligne de flottaison du regard-dans-le-miroir, dans une dimension inimaginable pour les narcissiques d'aujourd'hui : le hors-champ total de soi.

Je connais mal l'œuvre d'Emmanuel Levinas mais je me souviens de sa définition du visage : il n'est pas ce qui se donne à voir mais ce qui se dérobe.

Pas impossible que Delphine, ma copine aveugle, me charrie si je lui lis ce paragraphe, et me fasse remarquer qu'une aveugle est avant tout occupée à résoudre des milliers de problèmes concrets, jour après jour.

Envie de demander à François qui partage ma vie « Si je perdais la vue, tu aurais le courage de me raconter mon visage ? Gênant, non, de devoir dire à la femme adorée qu'elle a un poil sur le menton, ou une tache bizarre sous le nez, de savoir qu'elle ne peut pas y remédier, et que c'est à toi de sortir la pince, le coton, amant transformé en aide-soignant ou en esthéticien pas débecté ? Je nous crois capables d'en rire la première fois, soudés par le malheur et l'humour noir, mais en rire tous les jours, supporter cette déchéance, partager l'intimité la plus humiliante, comme à l'EHPAD ? »

François me dit parfois en riant « Si l'impensable arrivait, je serais là et tu serais à mon bras », mais il ne sait pas ce qu'il dit, ni moi non plus.

Je prends rendez-vous avec Serge, mon dermatologue. J'y vais les yeux fermés, le cœur léger, malgré quelques poils restés rétifs à la pince. Lui s'en fiche.

« Lorsque les paupières ont glissé sur les yeux et que ceux-ci pour un moment encore sont restés des voyants derrière leur rideau et à travers l'obscurité partout répandue dans ce que l'on appelle la chambre (...) à cet instant le regard a vu la nuit dans laquelle il entrait. Ce qu'il a vu n'a rien été que l'absence de toute vision et de toute visibilité. Voir qu'on ne voit rien, c'est ça la tâche aveugle du sommeil. »

Cher Jean-Luc Nancy, l'aveugle est-il un somnambule en plein jour ?

Tous les matins, j'ouvre les yeux, cœur battant. Le réveil, de délice anticipé, est devenu un moment d'appréhension, une remontée des abysses. Je fixe un rai de lumière entre les lattes disjointes du volet de ma chambre. J'en connais les variations selon les saisons. Ce rituel me permet de détecter un changement dans l'étendue du champ visuel ; en pensant au cruel prologue qui fait bicher les petits malins, « j'ai deux nouvelles, une bonne et une mauvaise, je commence par laquelle ? », je me ménage et commence par l'œil droit, le moins atteint, puis je passe au gauche, celui qui est au bord de la rupture, et je termine avec les deux. Pas de journée sans cette autoévaluation silencieuse. Soulagement et exaltation de voir encore, de voir aussi bien, c'est-à-dire *aussi* mal, mais pas *plus* mal, que la veille. Mes yeux ne sont pas morts cette nuit. Le rai de lumière, le mètre étalon de ma vision matinale est perceptible, à l'identique. Un jour de plus, un jour de vue supplémentaire. Gloire à l'œil.

Voir comme on respire est un souvenir. Voir relève du sursis. Voir est devenu une hygiène de vie, une anxiété permanente, un combat, un sujet de réflexion, et peut-être la borne au-delà de laquelle il me sera difficile de continuer à vivre. À voir…

Le glaucome, trouble dégénératif du nerf optique, est une sale maladie résultant d'une accumulation de débris entre la cornée et l'iris qui ne peuvent plus être évacués de l'œil. L'engorgement du trabeculum, sorte de filtre essentiel au processus d'élimination, fait monter la pression dans le globe oculaire, avec pour conséquences la destruction du nerf optique et, à terme, la cécité.

Le parallèle avec notre planète me frappe. Un monde-poubelle, un œil-poubelle. Des océans envahis par les déchets et le plastique ; l'air saturé de CO_2 ; une planète malade de la surexploitation de ses ressources ; des écosystèmes sous pression du fait de l'explosion démographique. Dans les deux cas, une maladie de l'autorégulation. Je trouve une communauté de destin entre le globe terrestre et mes globes oculaires. Le grand et les deux petits liés par la force de mon désir, un désir forcené de sauver mes yeux pour jouir le plus longtemps possible de la beauté du monde. L'expression « y tenir comme à la prunelle de ses yeux » a pris tout son sens en 2017, lorsque mon glaucome s'est brutalement aggravé, et que j'ai décidé de tout mettre en œuvre pour retarder la perte de la vision.

Une course de vitesse médicale qui s'est accompagnée d'une manie obsédante, ridicule, sisyphéenne :

ramasser les déchets largués par ceux qui prennent l'environnement pour leur poubelle. Le réflexe est devenu mission, rapporter les canettes d'aluminium et les morceaux de plastique abandonnés sur les plages normandes, glaner les papiers sales largués sur les trottoirs et les squares parisiens, nettoyer, purifier, restaurer. En bas de chez moi, où les carrés de verdure sont constellés de déchets, j'enfile régulièrement des gants de cuisine roses, tracte un sac-poubelle géant et le remplis en grommelant, rêvant d'y enfourner après l'avoir tabassée l'adolescente à écouteurs qui vient de larguer son gobelet Starbucks et une clope mal éteinte au pied d'un platane.

Contre la marée de débris qui monte en moi et autour de moi, je lutte, et ne peux me résoudre à perdre ce combat de l'élimination. Ce qui revient à manger moins, jeter moins, acheter moins, donner plus, contempler à toute heure le ciel et planter des arbres, cerisiers et sorbiers des oiseleurs pour nourrir merles, mésanges et passereaux menacés par l'extinction des insectes (en mémoire du fameux sorbier qui dégrafe son corsage et dit aux oiseaux « mangez-moi, mangez-moi », scène inoubliable dans *Le Docteur Jivago* de Boris Pasternak).

Ramasser les débris et marcher dans la nature pour me laver le regard, les yeux dilatés comme deux petits poumons translucides : tout est lié. Caresser des feuilles d'oranger aux formes de paupières, suivre du doigt leurs nervures, les froisser pour en libérer l'innocent parfum, résister à l'envie de les grignoter pour en connaître la saveur, l'eau verte à la bouche.

Le glaucome est un legs de mon père, mort à moitié aveugle dans sa quatre-vingt-dixième année. Évidé de lui-même par la maladie d'Alzheimer, dépendant à 100 %, portant des couches à la fin de sa vie – qui fut ironiquement celle d'un charmeur et d'un hâbleur –, mon père souriait en permanence. Son sourire était un bouclier créant l'illusion de la sérénité. Ce qui nous arrangeait tous. Mon père ne se plaignait jamais ; un quasi-stoïcisme, vestige d'une éducation anglo-saxonne par sa mère, une Écossaise dure à la douleur, préférant les bêtes aux hommes, adorant les oiseaux, nourrissant les mésanges et rouges-gorges de son jardin basque, une folle en plumes, comme on croise des folles en Christ.

La maladie génétique, transmission de patrimoine non notariée. Le glaucome me rattache à mon père et à ses ascendants écossais, portugais et nivernais aussi sûrement qu'une terre ou un patronyme. Le glaucome me diminue mais certifie mon appartenance. Que ce lien soit sain ou malade est une autre histoire. Je reconnais là la grandeur objective et amorale de la transmission. Bénéfice collatéral : je ne le transmettrai pas à ma fille adoptive Oona.

Dans le film *Little Big Man*, d'Arthur Penn (« plutôt que d'un western, je parlerais d'un film sur la guerre de colonisation des Indiens par les Blancs », précisait le vieux crocodile d'Hollywood), le chef Peau-de-la-Vieille-Hutte échappe à la mort pendant la bataille de Little Big Horn. Au cœur de l'affrontement entre les hommes du général Custer et la coalition de Lakotas et Cheyennes menés par le chef Sitting Bull (qui décimeront Custer et ses deux cent soixante-trois hommes), le vieux chef se croit invisible parce qu'il est aveugle. Croyance géniale et enfantine, pensée magique pour laquelle l'existence du manteau d'invisibilité va de soi. Ne pas revoir le film, lui préférer le souvenir, même trafiqué.

Devenu complètement aveugle à quarante ans, le professeur de théologie australien John Hull a dicté dans les années 80 un journal honnête, précis, et partiellement désespéré, de son voyage vers la nuit et la cécité profonde, journal où l'on peut lire ceci : « Résider dans un autre univers, recréer sa vie sous peine d'être détruit, c'est vivre un concentré de condition humaine, voir de tout son corps, et finir par toucher au fond de soi le cœur de la pierre. »

D'expérience, Hull savait que les aveugles sont invisibles, car ne pas voir revient à ne pas être vu. Il se fondait aussi sur le raisonnement classique de son fils de cinq ans qui lui disait « quand je ferme mes yeux, on ne peut pas me voir ». L'aveugle dans la ville est simultanément sur-visible avec sa démarche empruntée, précautionneuse, mi-sauterelle mi-robot, et transparent. On détourne le regard, on le contourne avec gêne, il est comme ces métamatières sur lesquelles travaillent les physiciens depuis dix ans : la lumière les traverse ou les contourne, et les soustrait par enchantement aux regards.

La cape d'invisibilité de Peau-de-la-Vieille-Hutte et du fils de John Hull leur donne de la force et de la singularité. Elle a sauvé la vie du vieux chef indien et peut-être a-t-elle permis au jeune fils de l'aveugle de transformer une tragédie, ne pas être vu par son papa, en astuce surnaturelle offrant consolation et complicité filiale – tous deux les yeux fermés, tous deux invisibles aux yeux du monde, mais existant l'un pour l'autre sur un plan essentiel, unique et secret.

Le manteau d'invisibilité est mangé aux mythes : il remonte à la Grèce antique. Hadès, le roi des Enfers, avait trois attributs parmi lesquels la kunée, le casque qui rend son porteur invisible. Selon Homère dans l'*Iliade* (au chant V), l'infernal souverain aurait reçu la kunée des Cyclopes pour le remercier, lui et surtout son frère Zeus, de les avoir libérés du joug de Cronos.

Voir sans être vu : un rêve de petit garçon. Serait-ce un marché acceptable pour un aveugle ?

Je connais un petit garçon au sourire en coin, c'est François à l'âge de sept ans, sur une photo noir et blanc aux bords dentelés datant des années 50 ; il pousse une carriole d'enfant dans un paysage rural, porte un short et une chemisette, il a un pansement sur le genou.

Je connais un petit garçon habillé en fille, il a deux ans, de grosses joues, une robe, une frange ratée, à la Bettie Page, étrange pour un bébé, il pose debout, cramponné à une chaise devant un fond peint et il a déjà un regard intense, des yeux en amande. C'est mon père, en 1927.

J'ai des milliers de photos de famille dans des boîtes et des valises entreposées à la cave. Depuis quelque temps, je les ressors, m'assois au milieu des visages et voyage parmi les sourires évanouis de mes morts bien-aimés. Course de vitesse pour élaborer un album de visions intérieures.

J'aimerais chahuter le cours du temps, reprendre les choses autrement et pousser la porte du docteur Françoise Valtot en 2008, après l'annonce de mon glaucome. Ne pas avoir confié mes yeux à un escroc, deux sadiques et un certain nombre de surmâles pressés, avant de la rencontrer…

Le docteur Valtot n'appartient pas au monde des médecins pratiquant des blitz-consultations, planqués derrière leurs lentilles, qu'on ne peut toucher et que rien ne semble toucher. Il arrive que ces praticiens amoureux de leur surface sociale adoptent une posture révélatrice : le haut du corps se projette très en arrière dans le fauteuil et leurs bras se croisent – équivalent d'un « je m'en lave les mains ».

Valtot se penche dangereusement en avant, vers le malade. Si le corps est un signe, son colossal buste tend vers l'intérêt soutenu, la volonté de comprendre, le dialogue honnête avec le malade.

Ajoutez à cela un vestiaire de paroissienne sous la présidence Pompidou, des cheveux longs et gris comme ceux de la chanteuse Patti Smith, le gabarit d'une vieille dame de Jacques Faizant, et l'énergie houspilleuse d'une directrice de maison de retraite : voici un dinosaure, bienfaisant et singulier, une grande glaucomatologue qui facture invariablement vingt-huit euros la consultation (de trente, cinquante, ou quatre-vingt-dix minutes s'il le faut), et s'exprime comme un concessionnaire de machines à café. Plutôt que d'user de termes abscons qui angoissent, elle vulgarise.

« Ça ne percole plus.

— Qu'est-ce qui ne percole plus ? »

Valtot ne s'impatiente pas trop face à l'ignorance, et ses malades lui en sont reconnaissants si j'en juge par la pyramide de boîtes de chocolats étagée dans son bureau. Elle me présente la situation en ce mois de juin 2017.

« Si le filtre permettant l'évacuation de l'humeur aqueuse se bouche, ça ne percole plus. Écoutez-moi bien. Moi, je ne peux plus opérer, j'étais trop lente, et pas assez rentable du point de vue de ces messieurs de l'hôpital public. On m'a fait comprendre que mon temps était révolu, et j'ai raccroché le bistouri. Une partie de moi est morte le jour où j'ai quitté le bloc, mais je continue ma mission ici, au cabinet, pour vous tous. Je vais vous trouver le chirurgien parfait, car il faut vous opérer.

— Sûrement pas, j'ai encore des choses à contempler, ma fille, mon vieux fiancé, des paysages, des tableaux, et tellement de livres à lire.

On m'a dit que l'opération était trop risquée, je ne veux pas perdre la vue.

— C'est justement pour pouvoir continuer à voir toutes ces belles choses qu'on va vous opérer. Quand ça ne percole plus, la pression augmente dans l'œil et le nerf optique se dégrade jusqu'à sa destruction complète.

— Docteur, rassurez-moi, on n'en est pas là ?

— Vous avez bien regardé vos champs visuels, comparé et noté leur évolution depuis deux ans ? À gauche, votre point de fixation est menacé. Il faut regarder la réalité en face, je ne donne pas dans l'humour noir. Faire cet effort vous libérera. Vous la voyez, l'avancée de la zone entièrement noire, par rapport aux examens de 2016 ? Le jour où votre vision centrale sera atteinte, et on n'en est pas loin, vous ne pourrez plus lire.

— …

— Vous avez compris. Le sablier se vide. »

L'image est percutante. Le temps et l'espace s'y rencontrent. Question corollaire : peut-on déjouer la fatalité ? Les cellules du nerf optique meurent par milliards, le sablier se vide, mais est-il possible de le retourner ?

Le lendemain de cette conversation, j'achetai un grand sablier en verre utilisé pour la cuisson des œufs coque. Durée de l'évacuation du sable : quatre minutes. Yeux coque.

En 2018, réparer ou régénérer le nerf optique excède les capacités de la recherche scientifique sur le glaucome, malgré des expériences contestées de greffes de cellules souches dans le nerf optique. On ne retournera pas le sablier.

Fermer les yeux à l'Opéra lors d'une représentation de *La Voix humaine* de Jean Cocteau et Francis Poulenc. Sursauter lorsque l'orchestre se racle la gorge et s'ébroue avant les premières notes. Sentir au bout d'une heure la salle chaude comme une aisselle. Parfum alimentaire au chocolat, sueur aigre, remue-ménage sismique dans un fauteuil, à droite, explosion de sensations. Le chef n'est pas là, les souris dansent : sans la vue, l'odorat et l'ouïe se libèrent. Tenir une heure quinze. Imaginer le visage de la chanteuse, vivre en creux la mise en scène, s'interroger sur le travail d'un critique d'opéra si celui-ci s'abandonnait à la même expérience que moi. Ravaler un ricanement. Tenir pendant les applaudissements, malgré l'envie de voir le visage de Barbara Hannigan. Sentir dans mes tripes la puissance de l'ovation, le feulement bleu nuit jaillissant des gorges, étoilé de « bravos », orgasme de l'Opéra-Garnier. Puis tâtonner pour récupérer mon sac qui a glissé sous le voisin de devant. Heurter une cheville poilue. Le pied s'énerve, dire « pardon » à croupetons.

Je m'entraîne. Ça m'excite puérilement, c'est pour de rire. J'ai honte d'aller et venir entre les deux mondes, de jouer à *ça*, avec *ça*. Par contre, cet exercice met François mal à l'aise. Gêne sociale ou superstition ?

François, imagine la scène : toi, et moi, déjà aveugle, assis dans une salle de spectacle. J'attends le début du concert, et tes yeux se promènent sur le public, papillonnent sur une femme. Elle sent, te regarde en biais, tu encaisses, ému, troublé, amusé, tu lui jettes un nouveau regard furtif. Démarre la chorégraphie silencieuse de la Compagnie Prunelles et Paupières. Aveugle, je ne vois pas le doux manège. Pourrais-je le sentir, au timbre modifié de ta voix, à une petite toux gênée, un infime raidissement de ta jambe ?

Si je ne la vois pas, la trahison existe-t-elle ? Et pour toi, la culpabilité serait-elle nulle, ou plus prononcée au contraire ? Que devient la jalousie, privée de son carburant visuel ? Forcés de faire confiance, incapables de surveiller, dépendants de la parole donnée, les aveugles sont-ils plus souvent trahis ? Trompe-t-on un aveugle avec la même légèreté qu'on ment à un voyant ?

Au printemps 2018, pendant la préparation d'un voyage au Japon, j'ai cherché la trace des masseuses aveugles rencontrées par l'écrivain voyageur Nicolas Bouvier dans les années 50 et 60, mais ne l'ai pas trouvée. Le titre d'un vieux film culte de 1962, *La Légende de Zatoichi : le Masseur aveugle (Zatôichi monogatari)*, m'a appâtée mais c'était un leurre. Ichi, l'aveugle, est un héros tragique joué par un acteur stupéfiant, Shintarô Katsu, qui évolue dans le Japon féodal, à la fois vagabond, sabreur, et yakusa non-violent adepte du ninkyodo, la voie chevaleresque du bandit. Ichi se lie d'amitié avec un ancien samouraï mortellement malade, mais ne le masse jamais, sauf avec des paroles empreintes d'une altière sagesse.

La figure de l'aveugle s'est tout de même invitée pendant ce séjour japonais, alors que François et moi séjournions dans une auberge traditionnelle, à Yamanaka Onsen, dans la région des sources thermales japonaises. Au petit-déjeuner, le premier matin, un couple est entré à pas mesurés ; lui, aveugle, très grand, une cinquantaine d'années, asiatique, tenant sa canne blanche comme si elle était une frêle tige d'anémone, et sa compagne, asiatique elle aussi, l'air soucieux, les cheveux bizarrement frisotés, des guides touristiques sous le bras. La disposition de notre table me permit de les observer. Ils ne se parlaient presque pas, et ce mutisme fut reconduit au cours des longs repas ritualisés, deux dîners « kaiseki » et deux petits-déjeuners traditionnels. L'aveugle saisissait habilement les bouchées avec ses baguettes, elle ne l'aidait jamais, et touchait à peine sa nourriture. Par contre, elle était folle de liberté. Tics, grimaces, grattage de cuir chevelu et de nez, regards dans le vague, soupirs, hoquets, et de drôles de mouvements de bouche. Cette femme que son mari ne pouvait voir, cette compagne invisible manifestait-elle ainsi sa souffrance ? Ou faisait-elle de la provocation, en rajoutait-elle ? J'aurais adoré trouver le courage de lui parler, en anglais bien sûr, et de le questionner sur sa condition de femme invisible. Elle me faisait penser à un ballon séparé de sa ficelle, fffuiit, parti très haut.

La regarder s'agiter en pure perte, dans une transparence totale, libérée du regard contraignant et civilisant de l'autre, au bord de la rupture avec le monde, frôlant la folie douce, fut une lente illumination : la perspective s'était inversée. La révolte et la souffrance existent aussi du côté du voyant. Si l'aveugle est à nu, la personne qui l'accompagne doit endurer l'effarante condition d'homme ou femme invisible.

Rêvé d'une petite chouette aux yeux bleus. Je tenais l'oiseau dans la paume de mes mains arrondies en corbeille. Allongée sur le dos, son ventre neigeux tourné vers le ciel, elle me regardait sans bouger. Nous nous dévisagions longuement. Nous n'avions même pas besoin de parler, me suis-je dit au réveil. La chouette ne cillait pas. La maladie et son acceptation se reflétant l'une l'autre.

Je sens que c'est un bon rêve, encourageant et bénéfique.

À chacun son image-limite, impossible à fixer sans grimacer ou vivement fermer les yeux, tant elle menace de déchirer nos défenses psychologiques.

Louis Aragon eut du mal à ne pas jouir d'horreur devant l'énucléation du comte de Gloucester par le duc de Cornouailles dans *Le Roi Lear* de Shakespeare, mis en scène par Antoine Vitez. « Je ressentais dans mon œil la violence verbale, sans bien savoir quel instrument m'arrachait le globe oculaire ou quels ongles merveilleusement cruels en écrasaient l'œuf. »

Il écrit « œuf » pour œil, à dessein.

Dans quel film de l'érotomane portugais João César Monteiro dit Jean de Dieu voit-on une nymphe enchanter un collectionneur de poils pubiens en s'introduisant un petit œuf de caille dans la vulve ? Est-elle allongée sur un autel ? Jambes repliées, grenouille rose et molle, ses yeux tournés vers le Nosferatu lusitanien qui convulse d'être observé par ce troisième œil ? L'œuf entre et sort sous l'effet des contractions vulvaires, comme un globe exophtalmique. La scène est filmée dans la pénombre, on est à la source du désir, dans la pureté de l'échange qui se passe de mots.

Mon image-limite, c'est l'œil tranché par un rasoir dans *Un chien andalou*, premier court-métrage que Luis Buñuel écrivit avec Salvador Dalí en six jours dans une transe, et qu'il tourna en 1928.

« Surréaliste sans l'étiquette » mais vite adoubé par le sourcilleux André Breton, revendiquant une liberté érotique et artistique, le film invitait à voir les choses « d'un autre œil que de coutume ». Épate bourgeois et vénéneuse rêverie.

Après qu'un nuage effilé a glissé devant la lune, un rasoir glisse sur un œil laiteux, et le tranche. La pulpe gicle en direction du spectateur.

C'est un homme qui tient le rasoir découpant l'œil de la jeune femme. Mais l'identification à un œil crevé est-elle sexuée ? C'est un œil universel venu du fond des âges, qui refuse l'image de sa propre destruction et fait lever en soi un gémissement quasi animal. Soutenir l'image de l'œil tranché, en évacuer la sensation répugnante, et tenter d'apprivoiser sa révélation implique de la regarder encore et encore. Après l'horreur vient l'insensibilité, une curiosité de vivisecteur, puis la libération ; ce n'est plus mon œil qui explose sur cet écran scintillant, mais l'image d'une coupure opérée entre le visible et l'invisible. Une vision. Un nouveau départ dans l'imaginaire.

J'ai la tentation de faire des listes, ayant beaucoup d'affection pour les obsessionnels, les fanatiques de l'ordre débordés par eux-mêmes, les naïfs persuadés de maîtriser le cours du temps, et tous ceux que l'imprévu angoisse. J'aime comme des frères ces écrivains qui ont mis leur vie en listes : Scott Fitzgerald et sa liste des vingt-deux livres essentiels, Édouard Levé et les cinq cents œuvres imaginées mais pas réalisées, Ernest Hemingway et sa liste des dix-sept livres dont la lecture « a plus de valeur qu'un revenu fixe d'un million de dollars par an », Georges Perec et ses « Je me souviens ». Mais comment dresser pareille liste d'images à accumuler avant que la maladie ne les rétrécisse ou ne les fonde au noir ? Paysages, films, tableaux, visages chéris, objets, animaux, lumières, livres ? Froisser la liste, partir sur les sentiers et laisser advenir.

Réécouter « Legalize marijuana, I'm say it cure glaucoma », le couplet du Jamaïcain Peter Tosh, qui s'y connaissait en médecine naturelle. Je ne fume plus, et ne me drogue plus depuis un mauvais trip au haschich, il y a vingt ans, où je faillis sauter par la fenêtre des toilettes d'un hôtel (trop étroite, torse coincé, gag piteux). Mais pourquoi pas le cannabis thérapeutique ? Plusieurs pays européens l'autorisent. Le Dronabinol, une molécule développée en laboratoire aux États-Unis et approuvée depuis trente ans par la Food and Drug Administration, est la version synthétique d'un des principaux cannabinoïdes présents dans le cannabis, le tétrahydrocannabinol (THC). Ses effets imitent ceux du THC naturel. Dans le cas du glaucome, le Dronabinol permet de détendre le nerf optique. J'en veux. De plus, le Dronabinol est commercialisé sous le nom de Marinol, qui évoque une opérette de Luis Mariano. Irrésistible.

Hélas, la liste des effets secondaires du Marinol est dissuasive : douleurs abdominales, étourdissements, confusion, dépression, cauchemars, frissons, difficultés d'élocution, sueurs, dépendance physique et psychologique. Un dosage précis et individualisé est impossible avec la distribution en capsules. Et je limite la chimie au strict nécessaire. Terminé, somnifères, anxiolytiques, dopants et médocs en tout genre gobés comme des bonbons. Finir comme Jacques Chazot qui prétendait soigner tous ses maux, à commencer par son cancer, avec de l'aspirine. Les herboristeries et magasins bio sont mes temples. Le week-end je me métamorphose en druide et confectionne un ratafia d'herbes sédatives à base de valériane, fleurs de houblon, passiflore, camomille, mélisse, selon la saison. Ça pue, c'est vieillot, mais je redoute les insomnies. Je me force à me détendre.

Fermer les yeux et dormir, coûte que coûte.

« En tout cas s'allonger dans un jardin, et tirer de la maladie, surtout si elle n'en est pas vraiment une, le plus de douceurs possible. »

Franz Kafka, *Lettres à Milena*

On cherche un sens, une justification supérieure à la maladie, lorsqu'elle annonce un changement radical de condition ; on aimerait qu'elle ait une cause moins banale que la dégénérescence des cellules ou l'hérédité. Psychologique, ou métaphysique, pourquoi pas, la maladie comme réalisation d'un désir profond ? Le combat serait remarquable, une titanomachie. Pourtant, les témoignages de malades – Paul Yonnet et son cancer, Jean-Dominique Bauby et le locked-in syndrom, John Hull et la cécité, Jacques A. Bertrand et le cancer de l'estomac ou Oliver Sacks et son mélanome oculaire – soulignent tous combien la maladie est mesquine, arbitraire, et ne grandit pas son hôte. Fritz Zorn et le cancer (« la tumeur c'était des larmes rentrées ») analysé avec un plaisir de légiste dans *Mars* (un préfacier et admirateur du récit publié à titre posthume en 1977 évoque justement une vivisection) est une brûlante exception

« Avec ce que j'ai reçu de ma famille au cours de ma peu réjouissante existence, la chose la plus intelligente que j'aie jamais faite, c'est d'attraper le cancer. » Tout le monde ne peut pas être l'enfant trop lucide d'une bourgeoisie zurichoise confite de convenances et morte-vivante, ayant pour vrai patronyme Angst, Angoisse…

Le polémiste anglais Christopher Hitchens, auteur de *Dieu n'est pas grand*, et mort d'un cancer de l'œsophage à soixante-deux ans, en 2011, a tenu un journal de sa maladie et de son agonie, *Vivre en mourant*, un petit livre sarcastique sur « la vie à Tumeurville ». Dans les dernières pages, Hitchens cite Marcel Proust. Pas à propos de la « magnifique et lamentable famille des nerveux qui est le sel de la terre », à laquelle appartenait notoirement Hitchens, mais au sujet du corps qui ignore la pitié. Le corps, ce faux ami, ce traître, le plus grand des traîtres (mais le nôtre), dont les raisons nous sont à jamais indéchiffrables.

« C'est dans la maladie que nous nous rendons compte que nous ne vivons pas seuls, mais enchaînés à un être différent, dont des abîmes nous séparent, qui ne nous connaît pas et duquel il est impossible de nous faire comprendre : notre corps. (…) Demander pitié à notre corps, c'est discourir devant une pieuvre, pour qui nos paroles ne peuvent avoir plus de sens que le bruit de l'eau, et avec laquelle nous serions épouvantés d'être condamnés à vivre. »

Je ne vois qu'un enfant innocent, crédule et nourri de pensée magique pour nouer un dialogue avec son corps, tenter de l'amadouer, de le convaincre de ne pas faire mal. Mon corps malade, cette énigme : partenaire-destructeur.

Le philosophe Ruwen Ogien, mort d'un cancer en 2017, reprendra cette image de la pieuvre monstrueusement indifférente dans *Mes mille et une nuits, la maladie comme drame et comme comédie*.

Comme Hitchens, Ogien s'est battu contre le dolorisme, au risque du désespoir, mais avec le bénéfice de l'autodérision. L'un et l'autre n'en avaient rien à faire du rôle positif de la maladie, célébrée – par ceux qui radotent leur Nietzsche et son « ce qui ne tue pas rend plus fort » – comme accélérateur d'élévation spirituelle, d'empathie, de miséricorde, de détachement. Tous les malades connaissent le refrain seriné par les bien-portants : la maladie vous grandit et vous fortifie, rend vertueux, permet d'accéder à des niveaux supérieurs de conscience. Qu'importe si on en meurt, on meurt éclairé. La maladie, ce cadeau ! Cette chance, osons le mot, de découvrir l'essence de la condition humaine, etc. De plus, Ogien contestait la dimension politique et économique du dolorisme qui condamne les plus démunis à la résignation.

Je comprends la rage d'Ogien contre une « métaphysique de la douleur » qui maintient les petits, les obscurs, les sans-grade à leur place, leur ôte l'envie de questionner la pertinence des protocoles médicaux, la qualité des soins, et de lutter contre la condescendance des « sachants » vis-à-vis d'eux, « ignorants ». La rage n'est pourtant pas la bonne réponse. J'en suis convaincue après avoir passé trente ans dans un état de colère fulminante contre les faux-semblants familiaux. Cette rage m'a ralentie, endolorie, et aussi, aveuglée.

Je sais aujourd'hui qu'il faut pardonner à sa pieuvre, pardonner à son corps, à tout ce qui s'autodétruit à l'intérieur de soi, pardonner à ce qui vous veut du mal. Il faut pardonner en bloc. Pour s'alléger.

Et se battre avec amour, un authentique amour de soi et de la vie. C'est le seul combat qui vaille.

Septembre 2017. Arrière-saison splendide. « J'ai bu l'été comme un vin doux. » Encore un peu d'azur et de senteurs iodées. Midi, assise adossée à la falaise sur la plage vidée des estivants, le visage tournesol. La chaleur du soleil se diffuse sur mes paupières et me grise, un métal fondu qui ne brûlerait pas. Yeux fermés, capteurs d'énergie.

Tous les trois ou quatre jours je m'astreins à visiter ma mère dans son EHPAD. Lucienne dite Lulu, ou, pour la taquiner, la vilaine Lulu, d'après le personnage dessiné par Yves Saint Laurent, ce qu'elle ne supportait pas. Lulu a quatre-vingt-neuf ans, et survit. Un an après la mort de mon père, la démence sénile l'a frappée. Ses muscles ont fondu, son beau visage mince et sévère est devenu cireux. Elle ne se souvient de rien, ni d'avoir été mariée, ni du prénom de mon père ou de sa propre date de naissance, et ne veut plus faire l'effort de se remémorer le passé. Son existence est une succession de pages blanches qu'elle regarde défiler les yeux mi-clos, confite de somnolence. Dormir est une délivrance, parler l'épuise ou l'emmerde, elle manifeste son plaisir après une pâtisserie ou, mieux, un crocodile en gomme que lui apporte dévotement ma fille, en levant le pouce. Une gosse. Ou une vieillarde demandant à descendre du manège ?

L'autre jour, elle m'a lancé « tu as quatre-vingts ans, toi, ça se voit » et j'ai ri jaune.

Ce matin, j'ai encerclé son poignet avec ma main, on en mettrait deux comme le sien. Patte d'oiseau décharnée. Je lui caresse l'avant-bras en fermant les yeux tandis qu'elle s'assoupit dans son lit médicalisé. Moment de paix, de réconciliation profonde après des années atroces de mésentente. La sécheresse de sa peau me bouleverse ; il y a dix ans, le dégoût, la honte de cette déchéance m'auraient fait fuir. Je pose la pulpe de mes doigts sur sa peau, comme si ma tendresse pouvait hydrater ce vieil épiderme. Elle ouvre les yeux, me fixe, et oppose un silence obstiné à chacune de mes questions. Veut pas parler. J'enfile mon manteau et pépie d'une voix infantilisante « ma petite maman chérie je pars travailler, il est 9 h 30, je t'appelle ce soir ». Son regard soutient le mien, sans cligner, et dans ces yeux dont l'acuité faisait sa fierté, « tu te rends compte, me disait-elle à quatre-vingt-cinq ans, j'ai 10/10 à chaque œil », ces yeux d'oiseau de proie qui m'ont couvée, scrutée, jalousée, mal aimée mais tant aimée, bon sang, dans les yeux de cette femme qui n'a jamais eu la moindre idée de qui je suis vraiment, je vois la peur, je lis un reproche, un défi hargneux, un vrai désespoir, je lis « tu m'as abandonnée, je me laisse mourir, regarde ce que tu fais de moi ». Je fuis. Coupable jusqu'au bout, et incapable de trouver du réconfort auprès d'elle. Au rez-de-chaussée, un flot de larmes.

L'aveugle voit avec le corps tout entier, il capte, ressent, hume, entend, touche, devine. Incapables de comprendre l'univers parallèle dans lequel évolue un non-voyant, nous sous-estimons le potentiel de ce capteur prodigieux, le corps augmenté de l'aveugle. Un corps « voyant » auquel la compensation sensorielle offre une perception authentique de l'autre, saisi au-delà de l'enveloppe miroitante qui ensorcelle, distrait ou détourne.

L'archer zen aveugle décoche une flèche qui atteint son but.

L'athlète sud-coréen Im Dong-hyun, ancien numéro un mondial, a battu son propre record du monde aux jeux Olympiques de Londres en 2012 (72 flèches lui ont rapporté 699 points). Avec 2/10 à l'œil gauche et 2/10 à l'œil droit, il est considéré comme presque aveugle. Pourtant, Im tire dans le mille à une distance de 70 mètres. Avec quelles ressources ? Il a commencé à s'entraîner à sept ou huit ans. Il lui arrive de tirer mille flèches en une journée.

Le concentration, la respiration, l'équilibre, la souplesse, la confiance, le calme, la volonté ne dépendent pas de la vue. Selon un des concurrents de Im aux JO de Londres, le tir à l'arc est « mental » à 90 %, « physique » à 9 %, le dernier pour-cent étant consacré à la maîtrise du vent…

« Quand il vous arrive de voir un oiseau, vous devenez ce même oiseau. Le saviez-vous ? Il suffit de voir pour devenir ce que l'on voit. »

Kobun Chino Roshi, prêtre zen Soto et archer zen.

Quelle différence entre un archer zen aveugle dont l'esprit coule librement, qui ne se soucie plus du gain ou de la perte, du juste ou du faux, et met dans le mille, et un aveugle arpentant les rues d'une ville, guidé par son œil-doigt, sa canne blanche ? L'aveugle est la flèche qui arrive à destination. À sa façon, il met dans le mille.

Les oiseaux m'appellent.

Cette chouette hulotte, postée à l'orée de la forêt de Saint-Gatien, module son chant velouté pour mes yeux malades. À la tombée du soir, une frénésie nouvelle et grandissante me gagne : écouter les oiseaux qui se retirent pour la nuit. Mon ouïe s'affine-t-elle ? Dans la campagne, saturation d'informations sonores, trilles, claquements, crissements, souffle du vent, bruits d'insectes, frôlements, reptations, sons mats, mouillés, chutes de feuilles. Un arbitrage s'opère à la bourse des valeurs sensorielles : l'audition est en hausse, future valeur refuge, tandis que la vue plonge dans le rouge.

Il faut lire les Mémoires de Jacques Lusseyran – jeune résistant aveugle déporté à Buchenwald, qui écrivit au sortir de captivité *Et la lumière fut* – pour ne plus avoir peur de la nuit. L'argument est utilitariste, et il ne fait pas honneur à l'homme que fut Lusseyran. Sa vie fut tout simplement hors norme.

Le 3 mai 1932, Lusseyran, sept ans et demi, perd la vue accidentellement, l'œil droit transpercé par la branche de ses lunettes, la rétine de l'œil gauche déchirée « par sympathie » dans le choc, comme le note Jérôme Garcin, son biographe. Quelques jours avant le drame, au moment de quitter la campagne angevine où se terminaient les vacances de Pâques, le petit Jacques fondait en larmes devant sa mère, hoquetant qu'il ne verrait plus la lumière dorée, le jardin, les grands arbres, assurant que c'était la dernière fois, que pour lui « c'était fini, fini, fini ! ».

Autoprophétie qui me rappelle un voyage en train de nuit effectué alors que j'avais douze ans. Je me réveillai dans l'obscurité complète, et paniquai, persuadée d'avoir perdu la vue pendant mon sommeil, et que j'allais vivre le restant de ma vie les yeux écarquillés de terreur dans un bloc de goudron, que ce sort était intenable, injuste à en hurler – ce que je fis, dressée sur ma couchette. Une main alluma la veilleuse. Et je vis, bien sûr, incrédule, soulagée à m'en pisser dessus, et m'excusai d'avoir été si bête. Je n'ai jamais oublié ce transport nocturne.

Lusseyran, dont le beau nom contenait toute la lumière du monde (luss, lux), était d'une autre trempe. Adulte, il confia à un proche : « Je nage positivement dans la lumière (...) J'ai été très joyeux de huit à vingt ans, parce que je ne voyais pas. » La cécité n'était pas pour lui une mutilation ou un handicap, mais une augmentation de la réalité et un don de Dieu. Lusseyran L'avait rencontré très tôt. Rancœur, délectation morose, colère ou sentiment d'injustice lui étaient étrangers : toute sa vie fut amour, de la vie et des femmes. « Voir devint pour moi, dès l'enfance, une activité extraordinairement simple, la plus simple de toutes, d'où je tirais une sensation de paix, une sensation d'équilibre même, comme si la vue, cette vue située au centre de mon être, me plaçait à égale distance de toutes choses, sans conflit, à distance juste. »

Une si singulière aura émanait de son regard – un regard qui ne se situait pas dans ses yeux, un regard intériorisé – que son ami le peintre Jean Hélion souhaita la représenter. « Le projet avoué de Jean était de peindre mon visage, et dans mon visage, le regard. Quelle expérience pour lui ! Mais pour moi, quelle aventure ! L'homme qui, parmi tous ceux que je connais, voit le plus et voit le mieux, allait me peindre, moi qui suis aveugle, à l'instant où je vois. » Sur le tableau exécuté en 1958, Lusseyran, âgé de trente-quatre ans, ressemble à un jeune faune modeste et introspectif. On ne devine pas que ses yeux sont morts. Ironiquement, celui que Lusseyran appelait « le clairvoyant qui voyait comme l'aveugle » perdra la vue à la fin des années 70, après la mort accidentelle de son modèle.

« Un portrait, c'est fait pour montrer comment l'homme fleurit au-dessus de lui-même. »

Jean Hélion

« Devant le motif, il faut non seulement voir juste, mais penser juste. » Comment voir juste lorsqu'on ne voit plus et que l'on représente inlassablement (comme un brocanteur, disaient de Hélion les langues perfides) les motifs, objets divers, parapluies, citrouilles, cannes blanches, bref, le réel ? Je compulse avec un mélange d'épouvante et de plaisir sale les *Carnets autobiographiques* de Jean Hélion. Journal de peinture, journal de bord de la progression de son mal qui est aussi, à un degré bien moindre, le mien. Jean Hélion, « l'homme qui voyait le mieux » selon Lusseyran, entre à son tour dans la nuit.

Note de Jean Hélion en date du 7 janvier 1980 : « Comme je vois mal. On dirait que mon seul œil est couvert d'un verre dépoli. Pourtant je darde des regards au travers. » Darder, le mot me transperce. Je comprends son aspiration éperdue. Comme lui, je ne me résigne pas à voir mal, je scrute avec passion ; je voudrais avoir cette capacité extra-humaine de projeter mes yeux hors de mes orbites, de les transformer en harpons, en dards à têtes chercheuses, avec lesquels je saisirais l'objet au loin et le rapporterais près de mon visage pour le contempler à mon aise. Visions de gigantesques lombrics jaillissant de mes orbites, un œil écarquillé au bout de leurs corps annelés. Tout, plutôt que des yeux défectueux ou morts.

En novembre 1980, Hélion poursuit : « Mon œil unique laisse couler ma vie intérieure sur la papier » et le 14 décembre 1982 : « Je n'ai plus que 2/10 dans un œil. Rien dans l'autre. Alors je peins pour y voir clair. » Ne venait-il pas de définir la peinture dans son essence même ? Hélion rangea définitivement ses pinceaux quelques mois après cet aveu.

En juillet 1941, Lusseyran avait seize ans. Élève en terminale au lycée Louis-le-Grand, il fut à l'origine des Volontaires de la Liberté, réseau de résistance officiellement enregistré par Londres. Persuadé que la voix humaine est le vecteur infaillible de « la musique morale » d'un être, Lusseyran se chargea seul du recrutement des futurs membres du réseau. À l'oreille, à l'instinct. Il fut dénoncé deux ans plus tard à la Gestapo française par un infiltré à la solde des Allemands dont le jeune aveugle avait jugé la voix « trop basse ». Déporté à Buchenwald en janvier 1944, « der Blinde » fut libéré en avril 1945.

Avril 2017. François et moi visitons la maison de la peintre américaine Georgia O'Keeffe à Abiquiú, au Nouveau-Mexique. L'icône artistique du XXe siècle a vécu de 1945 à 1984 dans cette maison construite en pisé, le matériau architectural traditionnel de la région, une boue ocre-rose séchée au soleil, sensuelle comme une peau humaine. La maison est à la fois enveloppante et spacieuse, très peu meublée pour qu'on y circule facilement. Percée d'une porte noire, elle se fond dans le paysage, surplombe la vallée de la rivière Chama et les collines violettes dans le soleil couchant. Les lieux sont désertiques, mais coyotes, lapins et serpents pullulent. À l'intérieur de la maison, une collection de matières organiques et minérales ramassées par l'artiste, cailloux, ossements séchés au soleil, coquillages, fragments de poteries, recouvrent les tables basses et les rebords de fenêtres.

O'Keeffe est devenue célèbre avec ses tableaux de fleurs agrandies démesurément : l'invention d'un nouveau regard, cadré serré, érotisant les matières végétales et les formes animales, pistils péniens et corolles de pétales vulvaires. Du jamais vu, avant guerre, aux États-Unis. Une peinture de myope en quelque sorte, un regard de très près, influencé par la photographie.

À soixante-dix ans, O'Keeffe fut atteinte de dégénérescence maculaire. Disparition progressive de la vision, au cœur d'un paysage grandiose qui l'avait ensorcelée. Le dernier tableau de O'Keeffe peint sans aide date de 1972, elle avait quatre-vingt-quatre ans. En 1977, elle protestait, pinceau à la main : « Je vois ce que je souhaite peindre. L'aiguillon qui me pousse à créer est toujours actif. » En 1980, plusieurs assistants exécutaient les toiles selon ses directives. Tableaux mineurs. Elle avait quatre-vingt-douze ans. Devenue presque aveugle, O'Keeffe se mit à la poterie. « Mes doigts voient », disait-elle en souriant. Le mot de Goethe « Je vois d'un œil qui sent, je sens d'une main qui voit » s'impose, face à l'obstination de l'artiste, son impressionnante capacité à s'adapter et négocier avec ses sens.

La main osseuse de la vieille artiste aveugle se saisit d'une pierre, en éprouve l'arête, la soupèse, la caresse, la porte vers son visage, la renifle, la pose contre sa joue, pierre brûlante, délicieuse sensation. Georgia trouve cette pierre rapportée par le jardinier très amicale et familière, une de ces humbles pierres « qui ont toujours couché dehors », ces pierres premières « sans honneur ni révérence, qui n'attestent qu'elles », comme disait leur incomparable traducteur, Roger Caillois.

Obstinée, et pire que ça, têtue, O'Keeffe était une dure à cuire, une « tough cookie », le surnom ironique donné aux femmes libres qui revendiquaient autonomie professionnelle et égalité avec les hommes aux États-Unis, dans les années 30-40. J'aime l'image, biscuit sec, sur lequel on se casse une dent. L'obstination est une leçon et une direction. Elle peut détourner de soi les caractères onctueux et trop accommodants, mais on ne tient pas sans obstination dans une situation critique. Et je veux tenir, avec tenue.

Premier poil blanc, ce matin, dans la glace, sur le menton. Horreur et hurlement de rire. À cinquante-cinq ans, les cheveux blancs depuis longtemps, je franchis le cap du poil blanc dit poil nylon, encore plus dur à attraper car il est invisible. Avec mes lunettes et un miroir grossissant × 20, je l'ai vu, je l'ai eu. Croissez et multipliez. Il sera remplacé par une cohorte de semblables, dès demain matin. Le corps vieillit mais les effets secondaires des collyres sont immuables. Après la femme à barbe, la Mère Noël…

Être aveugle de naissance ou le devenir, qu'est-ce qui est pire ? Perdre la vue, ou n'avoir jamais vu ? Est-ce indécent de poser la question ? Comment ne pas se la poser ? Le mot « pire » suinte-t-il le mépris ? Est-il violent envers les non-voyants ? Est-il la marque de mon ignorance, de ma candeur, ou de ma bêtise ? Ou de ma nouvelle liberté ?

Décembre 2015, j'appelle Tobie Nathan, le lutin dissipé de l'ethnopsychiatrie. Je l'avais interviewé par le passé, et avais aimé la malice de cet intellectuel juif égyptien volubile, intuitif, atypique. Au-delà du brio et du côté mariolle, assumant un goût de la provocation qui peut occasionner des malentendus, l'homme est un affectif.

Georges Devereux, le fondateur de l'ethnopsychiatrie (Arnaud Desplechin a tiré un film d'un de ses essais majeurs, *Psychothérapie d'un Indien des Plaines*), fut le maître de Tobie Nathan (« On n'hérite pas d'un maître ; on est seulement métamorphosé par lui ! ») et celui-ci perpétue son enseignement dans un centre d'aide psychologique pour migrants, déracinés, et « revenants » de Syrie. Nathan le conçoit comme un lieu expérimental de médiation entre la pensée scientifique et les pensées rapportées avec elles par les populations émigrées.

Quelques longues conversations avec Nathan m'aidèrent à renouer avec ma mère après la disparition de mon père. Ma colère sédimentée depuis quarante-cinq ans s'évacua, marée noire balayée par des flots de larmes. Colère et glaucome, j'interrogeai le praticien sur leur possible lien. Accumulation de ressentiment, de regrets, d'amertume, nerfs sous pression : Tobie Nathan ne s'est pas prononcé. Mais nous avons parlé de la vision. Et puis, une nuit, comme dans le poème de Rimbaud, « J'ai tendu des cordes de clocher à clocher ; des guirlandes de fenêtre à fenêtre ; des chaînes d'or d'étoile à étoile », et me suis retrouvée dans une dimension inconnue, entre les vivants et les morts, dans un rêve précis et doux où mon père, incinéré huit jours plus tôt, me posait une question.

« Tu n'as pas une plaque ? »

Je répétai la question à Tobie le lendemain.

« Vous le voyiez distinctement ? Il était aimable ?

— Charmant mais pressant. »

Le lendemain de sa mort, mon père m'était déjà apparu vêtu de blanc des pieds à la tête, « grand transparent » venu de l'au-delà, souriant et me demandant un verre d'eau de source.

« Est-ce que vous auriez piqué du pognon dans le portefeuille de votre papa quand vous étiez ado ? Dix sacs, une plaque ? C'est beaucoup une plaque, non ? » hasarda Tobie.

S'ensuivit une discussion absurde entre pré-gâteux ne sachant plus convertir anciens et nouveaux francs en argot.

« Ce n'est pas ça. On s'égare. Votre père avait donné son corps à la faculté de médecine, on l'a incinéré et je crois que ça ne lui convient pas. Il flotte sans attaches le reliant à sa lignée. Il veut une plaque, une plaque vissée sur une tombe familiale, il souhaite être fixé, vous voyez ? »

C'était limpide, et je commandai une plaque de marbre sur laquelle nos noms furent gravés ainsi qu'un vers de Saint-John Perse qu'aimait mon père, « Palmes ! et la douceur d'une vieillesse des racines… ! »

On fixa la plaque sur le caveau des parents de mon père. Je n'ai pas reçu de réclamation...

Traquer le sens caché de la maladie, c'est la grande occupation des premiers temps. Une quête à laquelle je me suis adonnée. Associations d'idées plus ou moins stériles, jeux de mots lamentables. Glaucome, glauque homme, glauque comme quoi. Dégénérescence des nerfs optiques : un corps élabore-t-il ça au hasard ? J'ai abusé de la psychanalyse de comptoir. Colère rentrée contre un milieu étouffant ? Vie sous pression, sur les nerfs ?

Ai-je trop aimé mon père charmant et trahi ma mère, l'œil panoptique de la famille qui veillait au grain, ces révélations rétrospectives me crèvent-elles les yeux ? J'ai enfin compris que ces questionnements détournent de l'essentiel : penser sa vie *avec* la maladie.

Tobie Nathan lance une hypothèse : « Vous avez un don, le don de voir des choses invisibles, et cela a un rapport avec la maladie qui obscurcit peu à peu votre vision. »

Je souris niaisement.

Il poursuit : « Il faut renforcer ce don, le faire rayonner, faire voir et entendre votre façon de voir sans que cela aggrave le mal. Le prix à payer pour ce don ne peut pas être votre nerf optique. Vous devez faire une transaction avec l'invisible, payer avec autre chose que la vue. »

Je commence à minauder et à protester de ma normalité, puis me soumets à son diagnostic. Mes dons sont dans la moyenne, toutefois ils existent. Son regard les distingue. Sa bienveillance est ma chance. Il y a cependant un problème : je dois contracter avec l'invisible.

Quelle adresse, l'invisible ?

Il dit : « La relation avec l'invisible, de tous temps, a été de l'ordre de la tractation. » Compris. Mais avec quelle monnaie d'échange ?

Je donnerais la moitié de mon sang, très certainement mon odorat, un orteil ou deux, un rein, mes cheveux, cinq ans de ma vie (pourvu qu'elle soit très longue), un téton, pauvre Amazone, pour conserver ma vue. D'autres listes peuvent être établies, ce ne sont que des enfantillages. Avec qui négocie-t-on ? Quelle est la devise sacrificielle du commerce avec l'invisible ?

Je n'ai pas posé la question à Tobie. Lui qui décrypte, met en lumière les nœuds, les blocages, les dysfonctionnements, avec quelle puissance a-t-il passé un contrat ?

Un autre jour : « Le regard est puissant mais atteint. Il faut casser la corrélation entre les deux. Le regard n'est pas atteint car puissant, ni puissant parce qu'atteint. » Là, Tobie Nathan fait allusion à Tirésias, condamné à être aveugle pour avoir trop su, trop vu, mais qui, en contrepartie, devint devin.

La cécité, rançon de la lucidité ? Va te faire voir chez les Grecs !

Tirésias me turlupine. D'après Tobie et Ovide, il déambulait sur le mont Cyllène et sépara deux serpents en train de s'accoupler. Il fut immédiatement transformé en femme, ce qui valait châtiment, et vécut avec un vagin pendant sept ans. Au cours de la huitième année, Tirésias revit les mêmes serpents accouplés, les sépara à nouveau, et les dieux le rapatrièrent dans son corps d'origine.

Ces va-et-vient entre deux identités sexuelles avaient conféré à Tirésias une petite notoriété et Zeus demanda à ce singulier « people » de bien vouloir arbitrer une querelle qui l'opposait à sa sœur Héra, déesse du mariage, protectrice des couples, de la fécondité, et des femmes en couches (retenons la raison sociale d'Héra : perpétuation du couple hétérosexuel). La dispute divine portait sur la jouissance : qui, de l'homme ou de la femme, a le plus de plaisir dans l'acte sexuel ? Zeus penchait pour une suprématie de la jouissance féminine, Héra pour celle de l'homme. Imprudemment, Tirésias répondit que si la jouissance érotique se composait de dix parts, une seule reviendrait à l'homme, tandis que la femme jouirait des neuf restantes. À mort l'arbitre. Héra châtia Tirésias car il s'était rangé sans le savoir à l'avis de Zeus, et le condamna à des ténèbres éternelles. Pour compenser cette perte, Zeus lui accorda le don de divination. Quelle fut la grande faute de Tirésias, riche de ses sept années de vie dans un corps de femme ? Dire sans tabou la puissance du désir féminin, et menacer la domination patriarcale, rendre les femmes tout bonnement ingouvernables. Comme des serpents ? Quant au lot de consolation divinatoire, il est maigre et atroce : deviner n'est pas influer sur les événements, se souvenir de Cassandre.

Pauvre Tirésias, deux fois mutilé, aveugle et impuissant.

Printemps 2018. Le dessinateur Jul prépare une série d'animation sur la mythologie grecque pour la chaîne Arte d'après sa bédé *50 nuances de Grecs* écrite par Charles Pépin. Il me laisse un message téléphonique. « Allô, c'est Jul, ça vous dirait de doubler un de mes personnages ? Ce sera juste quelques lignes de dialogue. Pour vous, j'ai pensé à Madame Cyclope, vous voyez ? Celle qui n'a qu'un œil. Vous me rappelez ? »

Deux semaines plus tard, je fis plusieurs prises du dialogue entre Madame Cyclope, mijaurée rappelant la Marie-Chantal de Jacques Chazot, et son mari, au cours d'un banquet mondain arrosé à l'ouzo. Après la synchronisation voix-image, Jul m'adressa un gentil message : « On a l'embarras du choix. On dirait que vous avez été borgne toute votre vie ! » Encore un devin ?

L'œil est une formidable machine à gaffes. J'en redemande. Elle allège les choses, donne du courage, permet de regarder la maladie en fa(r)ce.

Le schéma thérapeutique pour lutter contre l'hypertonie oculaire qui détruit mon nerf optique est simple comme bonjour : utilisation de collyres, matin et soir, une, deux puis trois molécules (nous y sommes, c'est le maximum), afin de maintenir la pression à un niveau raisonnable. Un jour, cependant, elle montera. Le laser, deux trous dans l'iris, offrira un répit temporaire en stimulant les cellules du conduit d'évacuation. Mais la pression finira par revenir. Le dernier recours sera la chirurgie sous anesthésie locale, l'acte perforant hautement fantasmatique qui empêche le patient de dormir les jours précédents, et le chirurgien, aussi.

Le glaucome est la deuxième cause de cécité dans les pays développés, après la dégénérescence maculaire liée à l'âge. Il touche 1,5 % de la population de plus de quarante ans. Après soixante-dix ans, une personne sur dix est affectée. 30 % des cas sont héréditaires. Un million de personnes sont traitées en France mais entre quatre cent mille et cinq cent mille personnes ignorent qu'elles sont atteintes.

Ce dernier chiffre devrait déclencher des manifestations tant il est un scandale silencieux : imagine-t-on une autre maladie aussi handicapante contre laquelle il y ait si peu de prévention ?

La maladie est souvent asymptomatique. Votre nerf optique se détruit lentement sans que vous vous en doutiez. Le glaucome est un tueur muet qui travaille dans l'ombre, prospère sur l'insouciance de son hôte et l'irresponsabilité de la puissance publique, toujours prête à crier au trou-de-la-Sécu, mais incapable de prévoir et de se prémunir contre le coût énorme d'une maladie chronique en favorisant son dépistage – on invite la puissance publique à venir s'asseoir un jour dans le couloir du Centre du glaucome, au troisième étage de l'hôpital des Quinze-Vingts, avec ces hommes et ces femmes défigurés par un pansement, une coque transparente, des lunettes noires, les uns borgnes, les autres déjà malvoyants, tous froissés d'angoisse et de fatigue, venus de loin, tripotant nerveusement leur convocation, traînant d'énormes sacs en plastique ou des valises à roulettes, prostrés dans l'attente mais n'émettant pas une protestation car tous incarnent le mot de Georges Bernanos : « L'espérance est un risque à courir. »

Que cherchent les médecins ? À faire baisser la pression intraoculaire pour empêcher la dégénérescence du nerf optique.

Le Graal des chercheurs, c'est la reconstitution du nerf optique endommagé.

Le verrai-je de mon vivant ? Pas sûr…

J'ai du mal à l'écrire, car j'ai un peu honte de cette foi-là, mais je crois qu'on n'est jamais assez ouvert à l'irrationnel, l'appellation occidentale de l'Invisible. Grâce à François, je rencontre Mahamane T. ; un kinésithérapeute mais surtout un chaman, étonnant sacerdote de soixante-dix-huit ans qui navigue entre le monde des esprits et notre monde physique. Élégant à la ville, silhouette à la Miles Davis (période *Sorcerer*, avec redingote), mais officiant en blouse de maître d'école boutonnée jusqu'au menton, Mahamane T. assume avec humour son rôle d'intercesseur entre l'invisible et les corps en souffrance venus s'échouer dans son cabinet parisien. Il a perdu la vue à 33 ans, dans les années 70, suite à un décollement de la rétine et partage son temps entre Paris et Bamako, où il s'occupe – entre autres – de jeunes footballeurs aveugles.

À Paris, une petite communauté hétéroclite d'hommes et de femmes de tous les milieux l'adore et le recherche car Mahamane T. voit avec ses mains. Le bénéfice de ses manipulations ou appositions au-dessus d'une vertèbre déplacée, d'une épaule endolorie est immédiat et ses interprétations d'auras lumineuses, avant et après la séance, relèvent de l'incantation poétique.

Mahamane est préoccupé par mon glaucome. Là où il se tient, Noir chez les Blancs, Malien en France, soignant et handicapé, il n'y a pas d'espace et encore moins de temps pour l'indignation verbeuse ou la compassion de surface. Mahamane privilégie l'action. Agir, c'est faire agir les puissances. Protéger, à l'aide de ses visions, de ses mains. Et, éventuellement, de la magie blanche.

« Vous parlez à la télévision, vous regardez à travers l'objectif des gens qui se sentent regardés par vous.

— Oui.

— Puisqu'on vous voit, on pense que vous voyez.

— Oui. (Je n'y avais évidemment jamais pensé.)

— On vous regarde, beaucoup de gens vous regardent.

— Et ?

— Tous les regards ne sont pas bienveillants. »

Fort de cette conclusion qui se tient, pour un esprit ouvert – et même très ouvert –, Mahamane me proposa une protection contre les regards-poignards : une poudre diluée dans l'eau dont je ferais usage pendant mes ablutions. J'attendais avec impatience que soit confectionné, par d'habiles herboristes ou de bons sorciers maliens, mon « bouclier de Persée » de salle de bains. Mon corps, tel un bouclier réfléchissant, pourrait renvoyer les regards malveillants, façon boomerang, à travers la vitre de la télévision…

Ainsi fut fait.

La caméra est une loupe, mon métier m'expose, pourtant je ne m'aime pas beaucoup ; quant au dispositif télévisuel, il est génial et aberrant : je ne vois pas ceux qui me regardent, et ceux que je semble regarder, je ne les vois pas. Symboliquement, ce que ça raconte de la manipulation consubstantielle à ce média n'est pas flatteur. Jeu de dupes, contact illusoire, solipsisme.

Je n'aime pas la télévision (je me retrouve dans ce que Georges Darien fait dire à son héros anarchiste dans *Le Voleur*, « je fais un sale métier, c'est vrai, mais j'ai une excuse, je le fais salement ») mais j'aime ce contexte, le cadre de cette émission créée il y a sept ans, sur Arte, où je peux interviewer des femmes et des hommes qui ont un truc en plus, la grâce dans l'action ou la création, un vécu hors norme. Et ça commence par un échange de regards. Nos yeux se crochètent, avant le générique, et je sais, je sens, je lis dans le regard de l'invité(e) comment vibrera sa prise de parole. Habitée ou pas, comme ses yeux.

Combien de temps mes yeux malades tiendront-ils sous les projecteurs ?

Dévoiler le secret, écrire sur le glaucome, c'est prendre le risque de faire pitié ou de déclencher une réunion en haut lieu pour me trouver une remplaçante aux yeux en béton armé. Me voilà forcée à imaginer la suite, si lire devenait impossible.

Il y a vingt ans, un cadre du service public de la télévision française m'avait dit : « Vous seriez bien pour cette émission culturelle, mais vous avez un physique de radio. » Ma reconversion est toute trouvée.

Réflexion de mon ami Philippe :

« Le glaucome, c'est emmerdant mais tu peux encore faire ton métier à moitié aveugle, tandis que si tu étais sourde… »

Je ne me fie plus complètement à ce que je vois. Cet insecte est une amande, ce cheveu, une fêlure dans l'émail, cette ombre, un être humain, cette branche, un bras, cet espace vide où je peux me mouvoir, une poutre blanche sur un mur blanc de salle de bains que je me prends en pleine tête.

Comment cette femme est-elle arrivée si vite au milieu de la chaussée ? Je ne l'ai pas aperçue lorsqu'elle était encore sur le trottoir, occultée par la zone aveugle de mon champ visuel. Elle n'existait pas, elle n'était pas pré-visible. Mal voir, c'est perdre du temps et devoir toujours prendre de vitesse ce qui peut constituer un danger ; c'est vivre la rue comme un jeu vidéo, avec des snipers embusqués qu'il faut apercevoir à temps. Pour le moment, je gagne la guerre. Mais je vois de plus en plus souvent avec un laps de retard qui me fait sursauter.

À sa demande, je fais lire les pages qui précèdent à François. Intimité partagée. Malgré la confiance, j'ai peur de l'effrayer ou de le dégoûter. L'aveu sur les poils, mes peurs physiques, mes interrogations sur l'avenir, les perspectives d'un couple « mixte » (voyant, malvoyant), la jalousie.

Il lit, je l'observe, je guette l'apparition d'un sourire, d'une grimace. Qu'exprime ce petit bruit de bouche, dédain, émotion, approbation ?

Redoute-t-il d'être enchaîné à une future non-voyante ?

Étonnement devant la faculté d'adaptation qui caractérise notre espèce : j'ai oublié ma vue d'avant, je ne sais plus à quoi ressemblait le bonheur béat d'y voir parfaitement clair.

Exercice : entrer dans la douche les yeux fermés. Tripoter le mitigeur et trouver d'instinct la bonne température. Mémoire spatiale : le savon est bien derrière à gauche. Se tenir immobile sous l'eau en veillant à ne pas glisser ; l'équilibre, une conquête recommencée ; redécouvrir ses propres contours, la texture de cette peau qu'on observe tant et sent si peu, callosités, mollesse, reliefs, poils, creux, se toucher sans affection, se parcourir sans but, rester de longues minutes sous l'eau ; ce corps qu'on lave, ne plus savoir s'il est petit, ou grand ; sans vision, sans reflet dans la glace, pas d'échelle par rapport à l'environnement immédiat ; perdre le savon, lâcher la douchette d'énervement, se cogner à la paroi de verre et ouvrir les yeux. Se dire bêtement : plus jamais.

Je suis invitée à dîner chez un ami qui collectionne l'art contemporain et l'art brut, un boulimique du regard qui souffre d'œdèmes aux yeux. Antoine a accumulé près de quatre mille œuvres en quarante ans dont il a présenté une petite partie en 2014 dans sa fondation parisienne aujourd'hui fermée, La Maison rouge. Après m'avoir demandé des nouvelles de mes yeux, il me confie : « Moi qui me fous un peu de tout, je me dis que ce serait intéressant de devenir un collectionneur aveugle. » Plus facile à dire qu'à faire. Le collectionneur aveugle de tableaux peints par des artistes non-voyants me fait penser au « couteau sans lame auquel manque le manche » de Lichtenberg.

La collection d'Antoine de Galbert contient une dizaine d'œuvres d'Émile Ratier. Cultivateur dans le Lot, à Soturac, sabotier, inventeur d'une machine à ouvrir les châtaignes et d'une autre, non moins essentielle, à débiter les topinambours, Ratier (1894-1984) a perdu la vue à soixante-cinq ans. Pour contenir la dépression nerveuse et « se secouer », il a fabriqué des sculptures mobiles, ingénieux mécanismes à manivelles capables de mouvements giratoires ou ascensionnels. Rien de noble là-dedans, que de l'enfance et des matériaux humbles, bois, ficelles, caoutchoucs, couvercles de boîtes de conserve, assemblés pour amuser et célébrer la monstration, le spectacle, le regard : Éléphant portant un canon provenant du Dahomey, Acrobates et Bettes fauves, Tour Eiffel pavoisée, manèges, grandes roues. Ratier a travaillé jusqu'à sa mort dans le noir et l'odeur des copeaux, sans jamais se prendre pour un artiste. J'imagine sa main tavelée, tenant la chaîne dont l'anneau coulissait sur un fil de fer reliant sa maison et son atelier, tout en haut d'une grange.

Éloge de l'œil, organe fabuleux, petit hublot convexe enchâssé dans un œuf dur : grand comme un galet, il perçoit la lumière, capture l'image, l'analyse dans le cortex visuel et restitue à notre conscience un grain de sable, la Voie lactée, et tes yeux noirs, Oona, ma fille. Le monde visible révélé par un organe d'un centimètre de rayon.

Yves Pouliquen, qui a dirigé le service d'ophtalmologie de l'Hôtel-Dieu de Paris, utilise une image d'herboriste pour décrire l'œil. « Il se compose d'une coupole nerveuse, la rétine, qui constitue une sorte de fleur sensitive ouverte vers l'avant et amarré à sa tige, le nerf optique. » La fleur est un tissu conjonctif serré, où s'engagera la lame du scalpel. Le cœur de la fleur est mou et transparent, il contient le cristallin – lentille biconvexe qui travaille comme une loupe et focalise au centre de la rétine les images des objets perçus – situé derrière la pupille. À l'avant du cristallin, dans la chambre intérieure, se trouve l'humeur aqueuse dont le défaut d'écoulement entraîne la montée de la pression endoculaire et le glaucome. Humeur sombre. Et d'où vient-elle, la garce aqueuse ? Du corps ciliaire, une glande directement attachée à l'iris (encore les fleurs). L'humeur aqueuse circule dans l'œil, elle baigne le cristallin avant de s'écouler hors de l'œil à travers un filtre situé dans l'angle formé par le bord de l'iris et la cornée, un mal embouché dirait Michel Audiard, du genre capricieux et peu fiable. Le filtre du glaucomateux percole comme ses pieds, et résiste d'autant plus à l'écoulement de l'humeur aqueuse que des débris et le vieillissement naturel des cellules en parachèvent l'altération. Chochotte…

J'apprends que le nerf optique des poissons et des reptiles peut se régénérer.

En cas de réincarnation, c'est tout vu.

Les médecins qui nous soignent se comportent en oracles. Pour eux, pas de négociation possible avec la nature ou l'invisible, leurs prédictions s'accompliront. Leurs diagnostics sont irréversibles. « Il y a un risque de perte de la vision » :

la malédiction est en marche. Ne pas y croire, se forcer à questionner, maintenir un espace pour l'espoir, la rémission, le miracle, l'intervention du guérisseur, c'est intercepter la flèche à main nue, en faire dévier la trajectoire. Il faut tenir la malédiction en respect.

Tranquille, cette doctoresse de la Fondation Rothschild, lors de notre premier rendez-vous, en 2013 : « Un jour, vous verrez comme ça », et joignant le geste à la parole, elle arrondit ses mains devant son visage et les remue, ravie de l'effet « jumelles » obtenu. Je comprends que mon champ de vision ne sera plus binoculaire.

Je bégaie « comme ça ? », et je mime.

Elle est contente, je pige vite.

« Oui, comme si vous regardiez à travers deux gros tubes.

— Vous me dites que dans un futur pas si éloigné, j'aurai l'impression de voir à travers deux gros macaronis ? »

Elle opine. Je fuis. Je n'ai jamais oublié son geste narquois.

La même, quelques mois plus tard (car je suis revenue, les malades sont masochistes et capables de confondre sciemment brutalité et sincérité pour ne pas être abandonnés. Au début, en tout cas) : « Un jour vous souhaiterez peut-être arrêter les soins et laisser faire la nature, vous serez lasse et vous ne supporterez plus rien. »

Sagesse ou désinvolture ignominieuse ?

La maladie peut-elle donner un sens à l'existence ? Je suis troublée par l'histoire – vraie ou imaginée, impossible de m'en souvenir – d'une étudiante dont la mère souffre d'une maladie orpheline génétique dite autosomale dominante : une saloperie qui ne saute pas de génération. L'avancée de la recherche dans le domaine génétique permet d'effectuer des tests présymptomatiques sur les descendants de ces malades, afin de savoir si le gène, identifié depuis 1993, a été transmis. La jeune fille hésite longuement : si elle est porteuse du gène, que fera-t-elle de cette information ? Selon les statistiques, elle a une chance sur deux d'être porteuse. Le résultat marquera un avant et un après. Conséquences vertigineuses d'un geste médical. Elle perd le sommeil. Après des semaines d'atermoiements, de consultations obligatoires avec les psychiatres et les généticiens, sa décision est prise : elle ne saurait vivre avec le doute. Le seul bénéfice du test est la connaissance prédictive, une vision dégagée, quasi himalayenne, de son propre destin. Elle accepte, car elle trouve des vertus au test : un exercice pratique de philosophie, un pari, un clin d'œil socratique à l'impératif « connais-toi toi-même ». La prise de sang est effectuée, le résultat lui est communiqué avec plus ou moins de précautions : elle est porteuse du gène de la maladie incurable, ce qui ne signifie pas qu'elle la développera, les premiers symptômes peuvent survenir dans trente ans, ou plus tard, ou jamais.

En quelques semaines, la jeune étudiante lâche ses études, quitte son compagnon, change de vie. Elle attend que la maladie la prenne. Ne pas savoir « quand » la ronge. La maladie avançant à visage découvert, franchement déclarée, vaudrait mieux que cette attente sans fin : quand la grenade va-t-elle se dégoupiller ?

La maladie comme révélation, annoncée et différée, devient une entité fantastique, une métaphore de tout ce que l'on se tue à attendre. J'y vois une analogie avec *La Bête dans la jungle* de Henry James, nouvelle dont le protagoniste, John Marcher, a l'impression « d'avoir été choisi pour quelque chose d'exceptionnel et d'étrange… prodigieux, terrifiant » et dont la vie entière se déroule dans l'attente de l'événement, sous les yeux d'une confidente et amie extralucide, May Bartram, qui « le regarde se regarder » et sait que ce qui devait arriver est arrivé. « Ainsi, May avait vu ce qu'il en était alors qu'il restait aveugle, et elle était maintenant l'instrument de cette révolution. » Et comme prévu par celle qui fut en quelque sorte invisible pour le héros à force d'être là, sous ses yeux, évidente, constante, comme le nez au milieu de la figure, la révélation a lieu au cimetière, devant la tombe fraîchement creusée de l'amie. « Il avait échoué exactement là où il devait échouer », sans amour, et la Bête du « trop tard » bondit sur lui.

La jeune femme d'aujourd'hui qui attend que se déclare sa maladie me semble appartenir à la même famille que John Marcher, celle des idéalistes qui, tout à l'attente d'un destin, passent à côté de la vie.

Je suis couchée à côté de François. Il dort. Nous nous sommes caressés et aimés avec « des yeux au bout des doigts ». Me revient un dialogue de film. Elle, sinusoïdale, allongée la tête sur le côté, regard dans le vague, boudeuse :

« Tu vois mon derrière dans la glace ?

— Oui.

— Tu les trouves jolies mes fesses ? »

Il a beau dire Oui avec son désir, il n'y aura jamais assez de Oui pour combler la béance de son inquiétude. C'est tout le malentendu de ce dialogue de sourds et d'aveugles, entre le film et son public, entre elle et lui. Où l'on entend un badinage et croit voir du sex-appeal, il n'y a qu'incommunicabilité et piège mortel de l'apparence.

François, et nous ? Il n'est pas question de nous comparer à Bardot et Piccoli dans *Le Mépris*, mais la situation rencontre un écho, un écho qui n'appartient pas au passé, plutôt à un étrange futur antérieur dans lequel François et moi aurions été nus sur un lit, moi aveugle, lui non, et je lui aurais posé à peu près la même question, par jeu érotique et vieille complicité de cinéphiles, pour habiller le silence, tout en étant douloureusement sensible à la charge comique d'une telle interrogation dans la bouche d'une aveugle, et il m'aurait dit Oui, en me caressant, et je n'aurais pas vu son regard, de même que Bardot ne voit pas celui de Piccoli, mais elle pourrait le voir si elle le voulait, moi, non, ce qui m'aurait fait éclater en sanglots et hurler, ne plus voir ses yeux bleus, son sourire de vieux minet, ses longues mains et le mignon auriculaire droit écrasé par son frère cadet soixante ans auparavant, et ses hanches étroites, me tuerait, m'aurait donné envie de crever.

Peut-être m'aurait-il déjà quittée, jugeant insurmontable de sonder des yeux bornés par la nuit.

Mon amie Maria a calculé le temps qui lui reste – sauf accident – avant les premiers ennuis physiques liés à l'âge, et l'a converti en vingt-trois étés insouciants. J'aime son épicurisme planificateur, et la précision du résultat. Nageant dans la Méditerranée, je me suis demandé moi aussi combien d'étés avant la perte d'autonomie. Je faisais l'étoile de mer, ce matin-là, les yeux fermés, écartelée de bien-être dans une eau lente. En retournant au rivage, j'ai réalisé que les aveugles ne connaissent pas cette volupté de la baignade solitaire où l'on dérive dans le ciel ; comment se diriger sans voir dans l'élément liquide ? Attaché à un cordage, accroché à un ami ? Cette privation d'un plaisir aussi sensuel m'a fait mal, comme si j'étais personnellement visée.

« *Je suis debout au bord de la plage.*
Un voilier passe dans la brise du matin et part vers l'océan.
Il est la beauté, il est la vie.
Je le regarde jusqu'à ce qu'il disparaisse à l'horizon.
Quelqu'un à mon côté dit "Il est parti !"
Parti ? Vers où ?

Parti de mon regard, c'est tout !
Son mât est toujours aussi haut.
Sa coque a toujours la force de porter sa charge humaine.
Sa disparition totale de ma vue est en moi, pas en lui.
Et juste au moment où quelqu'un près de moi dit "Il est parti !"
Il en est d'autres qui, le voyant poindre à l'horizon et venir vers eux
S'exclament avec joie : "Le voilà !"
C'est ça, la mort ! (...) »
William Blake

Décembre 2017. Je descends d'un VTC en cours de route. Ras le bol de ces vitres noires qui clignotent « je suis un mystère qui passe ». Voir qu'on est vu sans être vu ni rien voir à travers, la belle affaire. Le regard ne sert plus à embrasser le monde mais à pomper sans vergogne l'envie exprimée dans l'œil de l'autre pour s'en oindre le moâ, s'en tartiner la conscience de soi dans un aller-retour masturbatoire.

Découvert sur la chaîne de télévision NatGeo Wild l'existence d'un fabuleux minimonstre, le lézard à corne, *Phrynosoma cornutum* ou « crapaud cornu du Brésil ». Grand comme la main, descendant des dinosaures, il a pour particularité de se défendre en projetant du sang par ses yeux. Le crapaud cornu commence par doubler de volume, puis menace à l'aide de ses piquants. En dernier recours, il projette une giclée de sang venimeux jusqu'à un mètre cinquante de distance. L'œil armé, l'œil qui tue, image puissante, quasi mythologique, mais trompeuse dans le cas de l'animal : le sang jaillit de deux petites cavités situées à l'angle des yeux.

Ben Harper and the Blind Boys of Alabama chantent « There will be a light » dans la voiture qui nous emmène François et moi à la basilique Sainte-Thérèse de Lisieux. Parce que « Lisyeux », et que Thérèse de Lisieux a eu ce mot sublime : « Je choisis tout. » Cette faim est la mienne.

Des autocars dégorgent les pèlerins devant la basilique, tristounette copie du Sacré-Cœur érigée en 1929 et consacrée en 1954, en mémoire de sainte Thérèse de l'Enfant-Jésus ; ces pèlerins sont aussi intimidés que moi. Plutôt jeunes, venus en famille. Des groupes chuchotent. Je me force à me recueillir, me fais pleurer, une purge des canaux lacrymaux bienvenue, finis par sangloter, submergée par l'autoapitoiement, par l'inanité de ma démarche, aussi, tout se mélange.

Puis-je sincèrement croire qu'un miracle va survenir avenue Jean-XXIII, à midi douze, dans cette basilique où j'essaye d'être touchée par la grâce (pas au point de me marteler le torse avec les poings comme je vois faire non loin de moi devant une statue de Thérèse), m'efforçant d'être réceptive à une présence, moi qui ne crois pas en Dieu, sauf aux dieux des montagnes, des fleuves et des arbres ?

Malgré toutes ces réserves légitimes (et la faim qui me tenaille), j'envisage la possibilité d'un miracle.

Eh bien, non.

« Il faut s'accrocher à la puissance. »

Tobie Nathan m'engueule.

« Vous êtes allée à Lisieux sans y croire vraiment. Il faut y retourner. La petite Thérèse peut quelque chose pour vous. En ce moment, au Centre Devereux, nous avons des Polonais et des migrants de l'Est, très catholiques, qui nous disent que ça ne se passe plus à Lourdes, mais à Lisieux.

— Vous êtes sérieux ?

— Très ! Il ne faut pas renoncer à la puissance ! Lisez le livre de Job : Dieu lui dit "Je te prends tout" et Job lui répond "Tu as raison, l'épreuve que

Tu vas m'infliger ne me fera pas perdre ma foi en Ton pouvoir". On ne vous demande pas de croire en Dieu ! Après tout, Jésus thérapeute et prêcheur faisait des miracles pour des gens qui ne croyaient pas en lui, à l'origine ! Vous devez trouver la puissance avec laquelle négocier ! Douleur et souffrance sont des bons indices ! »

J'ai du mal à le suivre, ce qui ne m'empêchera pas de retourner à Lisieux. Je suis décidée à y aller à fond, à accueillir l'irrationnel, à ne pas reculer devant une méthode farfelue si j'y trouve quelque bénéfice pour ma vue ; je suis prête à tout pour enrayer la neuropathie. Suivre à la lettre une ordonnance médicale ne m'empêchera pas d'avoir foi dans le merveilleux (merveill-yeux).

En surfant sur le Net à la recherche de légendes médiévales sur les yeux, je tombe sur un étonnant tableau de Francesco del Cossa, peintre du Quattrocento de l'école de Ferrare qui représenta en 1473 Lucie de Syracuse, sainte et martyre, tenant ses yeux de la main gauche, de beaux yeux mordorés qui regardent le regardeur, comme disait Marcel Duchamp, et semblent lui demander des comptes, tandis que Lucie contemple ses propres yeux. Bijou ou plante ornementale, les yeux arrachés sont fixés sur une tige. Un siècle et demi plus tard, Zurbarán peindra Lucie présentant ses yeux suppliciés sur un plateau d'étain, des yeux qui nous fixent malgré un léger strabisme divergent. Voulu ? Les deux tableaux sont à la National Gallery of Art de Washington. Quant à Lucia de Syracuse, vierge vivant vers 300 après J.-C., sous le règne de l'empereur Dioclétien, elle se serait arraché les yeux avant de les disposer en offrande sur un plateau, à l'attention du préfet de Syracuse qui les avait trouvés sublimes mais désirait lui faire abjurer sa foi chrétienne. Ou qui aurait abusé d'elle selon d'autres sources, ce qui ferait de Lucie une antique victime de violences sexuelles se punissant elle-même, faute de pouvoir faire punir son violeur. Dieu rendit la vue à Lucia pendant ses prières, et *La Légende dorée* de Jacques de Voragine lui attribue de nombreux miracles. Ses reliques reposent dans l'église San Geremia de Cannaregio, à Venise, où les curieux et les malvoyants implorent chaque 13 décembre la sainte patronne des oculistes, titre enviable qu'elle partage avec sainte Odile, née aveugle, mais devenue voyante grâce au baptême, et sainte Claire, née à Assise, fondatrice de l'ordre des clarisses, guérisseuse d'un aveugle venu prier sur sa tombe.

Dans cette cohorte de vierges légendaires, sainte Élisabeth n'est pas en reste ; toujours selon *La Légende dorée*, la terre autour de son tombeau fut délicatement frottée sur les paupières d'un petit aveugle du diocèse de Mayence, âgé de cinq ans et prénommé Discret. Ses yeux étaient recouverts par une membrane occultante qui tomba aussitôt et les « petits yeux troubles et sanguinolents purent jouir du bonheur de la vue ».

Je me raccroche à ces histoires édifiantes car elles confirment, à leur façon, l'importance de l'obstination.

Œil, sexe, cerveau, organes souverains du rêve. On rêve avec les yeux et le sexe. L'œil accompagne les mouvements de ce qu'il regarde pendant les périodes de sommeil paradoxal : c'est le Rapid Eye Movement, le REM. Parallèlement, le pénis ou le clitoris se tendent et réagissent aux images. Érections réflexe.

Un homme qui rêve : les yeux remuant de droite à gauche comme deux boules de billard sous les paupières, un sexe gonflé, et un corps spasmodique.

La doctoresse Mirabel-Sarron, psychothérapeute quinquagénaire et pimpante, devenue aveugle à vingt-cinq ans, après un accident de voiture, me confie : « Je rêve en couleur, c'est une consolation. »

« Mon amour, ma chérie » : rencontre avec Amadou Bagayoko et Mariam Doumbia, le célèbre couple de chanteurs maliens ; Amadou a perdu la vue à seize ans, après un trachome mal soigné, Mariam est aveugle suite aux séquelles de la rougeole contractée à l'âge de cinq ans. Ils se sont rencontrés adolescents à l'institut des jeunes aveugles de Bamako, dont ils étaient pensionnaires. Leurs lunettes noires, leur menton haut, leur inoxydable bonne humeur. Impression qu'ils engagent toute leur personne dans l'écoute, qu'ils mutualisent leurs ressources pour mieux voir avec quatre oreilles, quatre mains, deux instincts. Multiplient les apartés, se murmurent des choses douces. Aveugles à deux, un univers encore plus difficile à pénétrer pour qui vient du monde du dehors ?

Leurs trois enfants voient. À quoi ressemblent vos enfants, Amadou et Mariam ? « Nos mains peuvent décrire le moindre de leurs traits, mieux que nos mots. Nous les savons beaux. »

Tenue, retenue de haut vol.

Lors de nos promenades en forêt ou sur la plage à marée basse, François et moi marchons bras dessus bras dessous, comme un vieux couple de manifestants, et je ferme souvent les yeux, pour m'entraîner au cas où. Rire nerveux de François, qui ne s'habitue pas et resserre sa prise.

Marcher l'œil gauche fermé, lutter contre la perte d'équilibre. Se faire l'effet d'un nourrisson tâtonnant. Lâcher le bras-tuteur. Fermer l'autre œil et avancer seule à la vitesse d'un scaphandrier. Soulagement d'être portée par l'air et les sons, la matière vivante, coopérative du monde acoustique. Après quelques pas, moulinets des bras, perte totale des repères, panique, haut, bas, fragile. Comment font-ils pour avancer dans la nuit ?

Un jour, j'ai croisé Beauvoir, et Sartre, qui n'y voyait rien.

Il y a vingt-sept siècles, Méduse était repoussante. La Renaissance l'a féminisée, mais à l'époque antique, on la décrivait dotée d'un visage rond encadré d'une barbe et d'une chevelure de serpents entrelacés, avec des dents longues comme des défenses de sanglier, et une grande bouche d'où pendait une énorme langue. Une vision.

Violée par Poséidon, maudite par Athéna qui lui infligea cette chevelure monstrueuse, Méduse, archétype de la femme révoltée, fut une victime qu'on traita comme une coupable, et châtia atrocement.

Des trois Gorgones, Méduse était la seule mortelle. Contrepartie de sa finitude, ses yeux globuleux et dilatés lançaient des éclairs qui changeaient les impudents en pierre.

Figure morte-vivante, Méduse anéantit tous ceux qui l'affrontèrent, jusqu'à ce que survienne Persée l'astucieux. Le fils de Danaé avait été mandaté par le roi Polydecte pour tuer la Gorgone. Persée bivouaqua tout d'abord chez les Grées, sœurs plus ou moins cachées de Méduse, vola le seul œil et la seule dent dont elles disposaient alternativement, et sut plaire aux Nymphes qui lui remirent le casque d'invisibilité, les sandales ailées et la besace destinée à recevoir la tête de Méduse. Ovide a ajouté aux récits antiques un détail crucial : la déesse Athéna aurait confié à Persée un bouclier en bronze brillant comme un soleil et réfléchissant comme un miroir, dans lequel Persée regarderait l'image de Méduse, afin de la localiser, sans qu'il risquât de croiser son regard. Un écran contre un regard.

En isolant une image de Méduse dans le miroir, Persée échappe à la fascination paralysante ; il maîtrise son destin sans succomber à l'hubris. Persée ne défie plus le regard de l'autre à la façon d'un dieu ou d'un enfant tout-puissant mais il ruse et réfléchit, comme un homme ; il met en perspective, analyse sous un autre angle, bref il s'avoue vulnérable.

Plus rare parmi les multiples lectures du mythe, et ma préférée, cette version dans laquelle Persée imagine un stratagème supérieur : il utilise son bouclier miroir pour renvoyer à Méduse son propre regard ; la Gorgone est pétrifiée par elle-même. Retour à l'envoyeur. Magistral.

Ensuite, Persée lui coupe la tête (mais même sans tête, les femmes, parfois, s'entêtent...).

Le Caravage a représenté Méduse dans un tableau dont l'expressivité vous happe, et il a prétendu qu'il s'agissait d'un autoportrait. Il aurait commenté ainsi le mythe de la Gorgone : « On peut vaincre la terreur par l'image de la terreur. Tout peintre est Persée. »

La face hideuse de Méduse incarne peut-être, comme l'a suggéré l'historien Jean-Pierre Vernant, l'horreur ressentie par Persée devant son altérité radicale. « Dans l'œil de Gorgô, se révèle la vérité de votre propre figure ! » Méduse, c'est la figure de Persée, et de nous tous, passés de l'autre côté du miroir, dans la mort. Un autoportrait universel à l'instant fatal.

Lors d'un de ses nombreux voyages en Europe, où il joignait toujours l'utile – promotion d'un nouveau livre – à l'agréable – dégustation de vosne-romanée et nuits-saint-georges dans le Morvan chez l'ami Gérard Oberlé, pêche à la truite en Écosse, chasse à la grouse en Irlande, conversations truculentes, cour à l'ancienne à des lectrices enchantées de l'aubaine, ivresses plus ou moins contrôlées, et longues marches quotidiennes dans les bois, son mode personnel de méditation –, l'écrivain américain Jim Harrison gratta la mousse et le lichen sur la tombe d'un cimetière anglais du Cumberland, et découvrit ce poème anonyme qui le foudroya : il résumait l'essence de la vie, une bonne vie consacrée à la quête de la beauté dans la Nature dont nous sommes les oublieux obligés. Harrison imprima le poème en guise d'en-tête sur son papier à lettres.

« Ce que le monde
a de prodigieux,
la beauté
et la puissance,
la forme des éléments,
leurs teintes,
leurs ombres et leurs reflets,
je les ai contemplés.

Fais-en de même,
car la vie ne dure pas. »

« *The wonder*
of the world,
the beauty and
the power,
the shapes of things,
their colors,
lights and shades,
these I saw.
Look ye also while life lasts ».

Le plus touchant dans cet éloge du regard par Harrison, c'est que Big Jim, comme le surnomment ses adorateurs, était borgne depuis l'âge de sept ans, après qu'un tesson de bouteille projeté par une fillette lui avait crevé l'œil lors d'une querelle enfantine.

Bien qu'handicapé, le cyclope moderne fou de poésie, de ripaille et de nature sauvage, a conjuré la tragédie et les limites imposées à son vitalisme, pour jouir pleinement des splendeurs terrestres.

L'utilisation de l'amulette contre le mauvais œil en Grèce trouve peut-être sa source dans le mythe de Méduse et la ruse de Persée. Le *mataki* ou matiasma, l'œil bleu bénéfique, figurerait le petit bouclier magique et son reflet médusé annulerait les effets destructeurs du mauvais œil. Vive l'œil antidote ? Je les rapporte des îles grecques et les range dans des penderies, des tiroirs ou des sacs, afin qu'elles me sautent aux yeux lorsque je cherche quelque chose. Certains *mataki* sont enfilés sur un cordon, et je triture machinalement ces chapelets d'yeux.

Jim Harrison connaissait-il le dernier mot de l'écrivaine Colette, autre jouisseuse patentée, sur son lit de mort : « Regarde... » ?

Celui de Goethe, sans doute : « Licht ! Mehr Licht ! » « De la lumière ! Plus de lumière ! » Comment l'entendre, celui-là ? Réclamation inutile face à la taie de ténèbres recouvrant ses yeux et sa conscience ? Ou soupir face à la lumière de l'Amour ?

Je me crois prête pour l'opération chirurgicale. Pourtant, quel geste ! Une incision dans votre œil palpitant, aussi vulnérable qu'un jeune œuf mollet.

Chez un bouquiniste normand, je découvre *L'Art de voir*, un essai publié en 1942 par Aldous Huxley. La personnalité contrastée d'Huxley m'intrigue. L'auteur du *Meilleur des mondes* fut partisan de l'eugénisme dans les années 20, théoricien de l'abandon de la démocratie parlementaire au profit d'une gouvernance autoritaire, puis se mua en socialiste convaincu, militant antinazi, humaniste, mystique sous mescaline, et finit sa vie en Californie, assis en lotus comme un yogi méditatif dans les années 60.

Huxley raconte dans son livre qu'à seize ans, il subit une attaque de kératite qui le laissa quasiment aveugle. Il devait utiliser la méthode braille pour lire, et se déplaçait avec un guide. Sa vision se rétablit un peu par la suite. L'utilisation incessante d'atropine dilatait sa meilleure pupille et lui permettait de voir « tout autour d'une taie très épaisse occupant le centre de la cornée ». Vingt ans plus tard, malgré des verres en culs-de-bouteille puissamment correcteurs, les capacités visuelles de Huxley s'étaient amenuisées au point de lui faire craindre la cécité. Il découvrit la méthode de rééducation visuelle du docteur Bates, oculiste à New York qui avait publié *Vision parfaite sans lunettes* en 1920. Après trois années de rééducation, Huxley exulte : « Ma vue est environ le double de ce qu'elle était lorsque je portais lunettes. »

Le texte est un mélange au goût désuet de généralités, d'imprécations, d'assertions scientifiques non vérifiées, et de notations pleines de bon sens. Selon Huxley, la dimension mentale de la vision est sous-estimée par une médecine scandaleusement vendue au lobby des fabricants de lunettes... Persuadé que la tension nerveuse et physique affecte le bon fonctionnement de la vision, l'écrivain milite pour la relaxation de l'œil, clé de voûte de l'« art de voir », une relaxation qui doit être à la fois passive et dynamique : là, l'écrivain capte l'attention. Doctement, il décrit les exercices de la méthode Bates :

Clignez souvent et sans efforts, une demi-douzaine de clignements en « ailes de papillon », puis fermez les paupières quelques secondes, clignez à nouveau, et ainsi de suite, pendant une minute. Toutes les heures.

Passez à la contraction intense des paupières fermées, pour améliorer la circulation et le tonus musculaire.

Exposition des yeux fermés et ouverts au soleil, le sunning !

Balancements et oscillations pour favoriser la mobilité des yeux, le swinging !

Changements continuels dans la direction du regard, le shifting !

Coups d'œil rapides ou vision inconsciente, le flashing !

Occultation et chaleur pour que l'œil intérieur se meuve suavement tandis que l'œil extérieur se repose, par une application de la paume des mains sur les yeux, le palming !

Et le plus fantaisiste, pour lutter contre le fléau de la fixité visuelle et mentale qui explique l'état apathique des masses (*sic*) : fermez les yeux, imaginez que vous écrivez à vingt centimètres devant votre visage avec un long crayon fixé au bout de votre nez. Soulagement de l'esprit sous tension, libération du regard !

Aldous Huxley et ses émules ont pratiqué pieusement ces exercices, qui abondent sur Internet sous forme de tutorials. Je me contente du « palming », parfait pour apprendre à regarder en soi.

Été 2018. Nous venons d'emménager dans une maison en Normandie. Nichée dans une forêt, entourée d'immenses arbres, peuplée d'oiseaux et de nuées d'insectes, elle excite les sens et calme les nerfs. Après quelques nuits sur place, nous remarquons que notre activité onirique y est intense, influence des arbres ou présence d'esprits favorables. Quoi qu'il en soit, cette thébaïde nous convient.

À un ami qui me demande de lui décrire la maison au téléphone, je livre un laïus d'agent immobilier. Il me le fait remarquer. En raccrochant, vexée, je prends un papier et tente de représenter la maison par un patchwork d'impressions exempt d'allusions visuelles. Je le lui envoie une heure plus tard par mail.

Odeurs de rose, de seringa, de cire, de glaise, d'humus forestier, odeur ferrugineuse du sang dans les paumes des mains, poignées métalliques du vieux garde-manger, leur cliquetis sur le bois, silence absolu de la grosse araignée noire entrée par le grillage déchiré du mur de la chaufferie, cachée dans la pénombre de ses fils collants, cartons rêches comme du papier d'émeri, fin de déballage, cheminée de pierre froide contre laquelle nous nous blottirons les joues en feu, senteurs de sauge, mur sud de la maison, de menthe, plus loin, près des mûriers, gouttes aromatisées aux agrumes pour chasser les odeurs dans trois WC, pyramide de bûches sentant le champignon pourri, le chien mouillé, le ciel d'orage, gémissement cauchemardesque de l'épervier, au-dessus de nos têtes, vigne vierge zonzonnante de guêpes, lourds impacts des mouches se cognant contre les vitres, cascade de gouttes de pluie sans pluie, son mat et affolé des graines chutant de la vigne, tomettes anciennes huileuses sous les doigts, grincement des volets du rez-de-chaussée, craquements du parquet au premier étage, herbe piquante, « il faut que l'herbe pousse et que les enfants meurent », bruissements dans les cimes des peupliers, un train au loin, le Trouville-Paris troue le silence, meuglements répétés au crépuscule, doux frou-frou des ramiers dans le hêtre, staccato de petits coups secs en haut d'un arbre, ça ressemble à un pivert.

L'ami me répond un peu plus tard qu'il voit la maison.

D'après la littérature médicale éditée par l'hôpital des Quinze-Vingts de Paris, le traitement chirurgical du glaucome est indiqué en cas d'échec du traitement par collyres et par laser, ou si le glaucome évolue vite. Les techniques incisionnelles facilitent l'écoulement de l'humeur aqueuse hors de l'œil, soit en restaurant l'évacuation naturelle par voie trabéculaire, soit en ôtant, ou court-circuitant le trabeculum, lieu de la résistance à l'écoulement. Les techniques de cycloaffaiblissement (mot monstrueux, même pas utilisable au Scrabble, que veut-il dire ?), par différents moyens physiques, diminuent la production d'humeur aqueuse. La trabéculectomie perforante et la sclérectomie profonde non perforante sont des chirurgies de référence. Si l'angle du glaucome est bien ouvert, la sclérectomie est préférée car elle entraîne moins de complications (sclérectomie mon amie), mais toutes deux dépendent d'une bulle de filtration et de sa cicatrisation (enquêter sur cette bulle). Les autres chirurgies non perforantes et celles dites mini-invasives, qui limitent les manipulations tissulaires ou visent à restaurer l'écoulement aqueux physiologique pour s'affranchir des problèmes liés à la bulle (un problème, cette bulle, je le sens), sont moins efficaces, et réservées aux glaucomes modérés.

En cas d'échec des précédentes techniques, les implants de drainage de l'humeur aqueuse (équivalent en plomberie de minuscules robinets pour contrôler le débit ?) vers les espaces sous-conjonctivaux postérieurs sont des alternatives aux techniques d'affaiblissement ciliaire (enquêter), ces dernières étant réservées aux glaucomes évolués (délicieux euphémisme) et/ou pour lesquels l'ouverture de l'œil n'est pas recommandée (je traduis : quand inciser l'œil reviendrait à faire prendre au malade un aller simple pour l'Association Valentin Haüy).

Encore un effort pour simplifier le langage médical ?

En France, 207 000 personnes sont aveugles (sans perception de la lumière) ou malvoyantes (leur vision résiduelle se limite à distinguer les silhouettes). 932 000 sont assez malvoyantes (impossible de distinguer un visage à quatre mètres, impossible de lire). Au total 1,7 million de personnes sont atteintes d'un trouble de la vision. Le chiffre devrait doubler d'ici 2050, à cause de l'allongement de la durée de vie. La cécité et Alzheimer seront les fléaux du grand âge, selon l'OMS et la Fédération des aveugles de France. 50 % des personnes malvoyantes sont au chômage en France.

Je n'ai pas trouvé de statistiques sur les suicides d'aveugles…

À la fin de sa vie, mon père était une donnée dans la comptabilité de l'OMS : il ne voyait plus et souffrait d'un déficit cognitif sévère, ce qui donnait lieu à des échanges cocasses.

« Tu me reconnais papa ??

— Non !!! Qui êtes-vous ?

— Ta fille ! Élisabeth…

— Ah, Élisabeth ! Je l'aimais beaucoup. »

Variante : « Ah, Élisabeth !! Bien sûr. Je peux vous tutoyer ? »

« Tu me reconnais, papa ?

— Non.

— Mais si, cherche bien, fais un petit effort, écoute-moi bien, écoute ma voix, qui suis-je ?

— Maman ?

— Ta maman, Dorothy ?

— Oui, maman.

— Alors d'accord. Je suis ta fille, mais si tu préfères que je sois ta mère, c'est facile… »

« Comment je m'appelle, papa ?

— Je ne sais pas.

— Allez, qui suis-je, mon papa ?

— Je ne sais pas. Titine ?

— Ah non, c'était le surnom de l'auto de maman, dans les années 70.

— Ah ? Mais qui êtes-vous ? »

Mon vieux père aveugle et déserté par lui-même pendant de trop longues années, ramené à ses fonctions organiques, avec, parfois, un sourire radieux, une lueur allumant son œil, et cette formule- réflexe, qu'il usa avec toutes les femmes de sa vie, amies – les siennes et les miennes –, collaboratrices, inconnues, serveuses, infirmières : « Vous êtes merveilleuse. » Infirmières qui roucoulaient de joie quand mon père les courtisait à Sainte-Périne ou à l'hôpital Pompidou, tant il était gentil, elles n'en avaient « pas vu beaucoup des comme lui », me confiaient-elles, je savais qu'il les confondait avec ses jeunes camarades de fac algéroises.

À la toute fin, lui et moi nous nous contemplions parfois sans échanger un mot, restant de longues minutes face à face, comme deux miroirs sans tain.

Il détectait ma présence à l'oreille, une vibration particulière de l'air, plus dense, confirmait un obstacle devant lui : mon corps assis dans un fauteuil ; papa tournait la tête dans ma direction. Il baignait dans ma respiration. Calme, j'étais une émeute intérieure. Que voit-il, que ressent-il, comment perçoit-il désormais la fuite du temps, passe-t-il, seulement, le temps, à moins que mon père ne vive dans un temps devenu cyclique, le soir figurant la haute enfance et le matin la grande vieillesse, un temps sans aiguilles, dilaté à la folie, ponctué par les interventions des soignants, il est l'heure de dîner, de dormir, d'être lavé ? Quelle conscience a-t-il de son sort ? Un objet mental apparaît-il parfois dans sa nuit intérieure, souhaite-t-il mourir, lécher du sucre, être caressé, touché, bercé, que sait-on des passions d'un vieil homme emmuré ?

Mais de néant, point encore.

Mon père tournait son visage vers la fenêtre, je me levais et l'ouvrais. Calé dans son fauteuil médical, il écoutait de toutes ses forces les oiseaux du jardin. Me revient aujourd'hui la formule de William Blake dans *Le Mariage du Ciel et de l'Enfer* : « Ne comprends-tu donc pas que le moindre oiseau qui fend l'air est un immense monde de délices fermé à tes cinq sens ! » Leurs chants striaient le bleu du ciel. Assise à côté de lui, je fermais les yeux. Ces cris d'oiseaux le ramenaient à ses années d'enfance en Afrique du Nord, aux traquets rieurs, fauvettes du désert et autres engoulevents ou alouettes de l'Atlas qui réjouissaient la mère et l'enfant lors de leurs longues excursions ornithologiques.

« Tu les aimes », bredouillais-je à mon père d'une voix étranglée.

« Je les aime. » Le cœur de l'aveugle souriait.

Soixante millièmes de seconde suffisent à l'œil pour percevoir la lumière à travers la cornée et le cristallin (l'objectif), et toucher la rétine (le capteur), qui l'envoie sous forme d'informations codées au cerveau, le long du nerf optique. Le traitement cérébral suit, à la même vitesse.

À l'intérieur de l'œil se trouve un point paradoxal, le point de Mariotte : la tête du nerf optique, située à la jonction des fibres nerveuses de la rétine et du nerf optique, est aveugle, car dépourvue de cellules photoréceptrices. La lumière n'a jamais stimulé cette papille et la zone est l'angle mort de l'œil.

Je fais de la gymnastique oculaire tous les jours, des petites sessions de quinze minutes. Il s'agit de faire aller l'œil vingt fois de haut en bas, puis vingt fois de gauche à droite, régulièrement, sans à-coups, puis haut-droite-bas-gauche, encore vingt fois, et dans le sens inverse, toujours vingt fois. On optimise les exercices en respirant « à la Bruce Lee », comme si le corps était un œuf, le point d'entrée de la respiration étant le crâne et le point de bascule de l'expiration le trou du cul. C'est ce que m'a appris François qui pratiqua dans les années 70 les arts martiaux dans un monastère Shaolin, en Malaisie, où ces messieurs étaient passés maîtres dans l'art de respirer par tous leurs orifices.

On roule ensuite les yeux autour des orbites, comme Lillian Gish l'héroïne du muet dans un film de D.W. Griffith, dix fois dans chaque sens. Les douleurs ressenties au début des exercices s'estompent vite, les muscles oculaires se renforcent jour après jour. Et l'on termine avec l'échauffement du pourtour de l'œil, le palming d'Aldous Huxley.

L'instant décisif est une notion photographique élaborée par Henri Cartier-Bresson. Il me semble qu'elle s'applique idéalement à ces moments fondateurs de l'existence où le regard est tout entier engagé, coups de foudre, sidération durable devant un visage, découverte d'un site qui deviendra nid et sépulcre, passion pour un tableau déterminant une vocation, une collection, une perdition.

Tout le monde peut se reproduire, même aveugle. Mais aurais-je pu adopter ma fille si nos regards ne s'étaient croisés dans la touffeur d'un orphelinat rural cambodgien, un matin de mai 2003 ? J'ai vu un bébé chétif au crâne comme un genou, se dresser dans un berceau, et ses grands yeux d'onyx me fixer, deux agates noires laquées par la rage de vivre, la colère d'avoir été abandonnée par ses parents, l'indignation d'être livrée aux mouches, aux vagissements permanents de ses congénères, à des soins trop rares. Aspirée par son regard, je suis allée vers ce bébé qui est devenu ma fille. Oona, née dans mes yeux.

« La route la plus claire dans l'univers passe au plus profond d'une forêt sauvage. » Il faut, comme John Muir, avoir embrassé de force puis abjuré cette foi chrétienne qui place l'homme au-dessus de la création, pour développer pareille vision de l'existence, vibrante de panthéisme. Contre les mythes obscurcissants, la seule cathédrale qui vaille sera bruissante et gazouillante et c'est le monde sauvage, sanctuaire où l'âme s'élève.

J'aurais aimé connaître l'homme qui caressait les forêts, ce John Muir si peu connu de ce côté de l'Atlantique, mais véritable géant aux États-Unis : pionnier de la défense de la nature sauvage (*wilderness*), Muir (1838-1914) fut à l'origine de la création des parcs nationaux américains, dont un président aux cheveux jaunes entretenant d'étroites relations avec le bizness entend réduire le périmètre.

John Muir est né en Écosse et dévorait à neuf ans les ouvrages de l'ornithologue américain John James Audubon. Le môme observait en trépignant de joie « les oiseaux guillerets, les abeilles et les gais ruisseaux ». Deux ans plus tard, Muir émigre avec sa famille aux États-Unis, dans le Wisconsin où les lacs, les forêts, les « prairies piquetées de millions de vers luisants » sont pour lui une source d'émerveillement total. Le père, un calviniste fanatique, lui aurait fait apprendre par cœur l'intégralité du Nouveau Testament. Comme les pionniers, Muir et ses frères vivent à la dure : ils défrichent, nourrissent les bêtes de la ferme familiale, déboisent (la déforestation de la péninsule Nord, dans le Michigan, sera un traumatisme pour Muir, et un siècle plus tard, pour l'écrivain Jim Harrison qui en fera l'un des thèmes de son roman *De Marquette à Veracruz*) ; il apprend le nom des arbres, des plantes et des oiseaux, bricole d'astucieux instruments : le lit-réveil, le bureau-qui-ordonne-les-livres, la machine-qui-rend-visible-la-croissance-des-plantes. Muir se réfugie le plus possible dans la « plénitude sauvage », et bourlingue, échappant à la conscription pendant la guerre de Sécession, puis cogère une pêcherie de truites sauvages et s'enorgueillit de découvrir une orchidée, la *Calypso borealis*.

Survient l'accident : la cornée de son œil droit est transpercée par une machine ; Muir manque de mourir, devient aveugle, passe plusieurs mois dans une chambre noire en 1867, et recouvre inexplicablement la vue.

Le choc est salutaire : le jeune homme plaque tout et part au cœur du monde sauvage se confronter à la dimension grandiose et indifférente de la nature.

Monts et merveilles de la Sierra Nevada, du Yosemite, de Cathedral Peak. Floride, Cuba, et retour au Yosemite. *Quinze cents kilomètres à pied à travers l'Amérique profonde* est le récit de l'épiphanie de John Muir au cœur du paradis terrestre. « Que nous sommes étriquées – nous autres prétentieuses et égoïstes créatures – dans nos sympathies ! Et que nous sommes aveugles envers les droits de tout le reste de la Création ! »

Botaniste, géologue et naturaliste passionné, Muir fut le chef de file de la « préservation » (contre la « conservation »), école environnementale militant pour que d'immenses sanctuaires naturels soient soustraits à l'appétit de l'investisseur, du bûcheron, du mineur, du promoteur immobilier avides d'exploiter les « ressources naturelles », expression qu'abhorrait le randonneur en veste Harris Tweed. Muir fonda en 1892 le Sierra Club, premier mouvement nord-américain de protection de la nature, et incita le gouvernement fédéral à créer des parcs nationaux naturels : la vallée du Yosemite devint le deuxième parc national, après Yellowstone, et en 1908 le Grand Canyon fut classé monument national.

Automne 2018. Les oiseaux chantent de plus en plus fort. Ils me parlent. Les chiens me saluent affectueusement, se retournent sur mon passage, me collent, sans que j'aie de nourriture dans mes poches. Les goélands derrière une poissonnerie normande me regardent l'air entendu. Une vieille biche rencontrée dans le refuge pour animaux de mon amie Jacqueline, dans le pays d'Auge, trotte paisiblement à mes côtés, en me donnant des petits coups de tête amicaux. Je ne pipe mot de ces phénomènes et les chéris sans honte. Les bêtes sentent-elles ce qui demeure invisible pour les humains ? Maladie, dimension de l'être plus sensorielle et instinctive ? J'ai lu la Colette de *Sido* et des *Dialogues de bêtes*, la réponse est affirmative.

« Ne va pas où mène le sentier, va plutôt où il n'y a pas de sentier et laisse ta trace. » Un mot que Ralph W. Emerson aurait pu dédier à son ami John Muir, voyant *après* la cécité.

Aujourd'hui, le John Muir Trail est un sentier de randonnée de 338 kilomètres de long bordant la Sierra Nevada. Serait-il horrifié de voir les randonneurs munis de permis à 50 dollars pièce se selfieser et s'instagramamourer devant le Yosemite devenu une sorte de papier peint ?

Tenterait-il de les ramener à la raison ou poursuivrait-il son chemin en sifflant son chien ? Le corniaud s'appelait Watch – en français, Regarde…

J'ai avalé des forêts de jus de myrtille à cause d'une légende popularisée après la Seconde Guerre mondiale : les pilotes de la Royal Air Force britannique auraient amélioré leur vision nocturne grâce à la consommation de confiture de myrtille, une baie riche en pigments contre la dégénerescence maculaire et en antioxydants qui protègent la rétine des radicaux libres. La RAF faisait-elle courir cette rumeur pour dissimuler l'utilisation de radars aéroportés par les chasseurs de nuit ? L'armée américaine a mené des études sur la corrélation myrtille-acuité visuelle. Dix ans de travaux et une conclusion lapidaire : rien ne permet d'affirmer que la myrtille absorbée à haute dose améliore la vision de nuit.

Et la vision diurne ?

Quel est l'impact de la cécité sur le désir sexuel ? Peut-on fantasmer sans support visuel ? À qui en parler ? Spontanément, on imagine que le toucher de la peau, l'odeur corporelle, la voix de la personne suffisent à allumer le désir. On ferme bien les yeux lorsqu'on fait l'amour, on le fait dans l'obscurité ou la pénombre plus souvent qu'en plein jour. Certains se font bander les yeux, pour exacerber leurs sensations, se faire peur, ou transformer le partenaire en inconnu, page blanche sur laquelle se plaquent toutes les identités possibles. Écrivant cela, je reste au seuil de l'expérience, en pleine abstraction, réduite à des supputations, mais quand votre vie prend un tour tragique et se fracture à ce point, vous propulsant dans un espace à jamais barré aux voyants, quels que soient leur curiosité, leur patience et leur amour, y a-t-il encore de la place pour le désir sexuel, en tout cas au début du voyage ?

John Hull, toujours lui, avait du mal à trouver du goût à la nourriture, au début de sa cécité, alors, le sexe ! Savoir que la pomme est rouge et luisante sans la voir, c'était insuffisant pour lui ouvrir l'appétit. Idem avec la côtelette grillée, qui pourtant sentait sacrément bon. Sans information visuelle, pas d'appétit. La cécité avait rompu le lien entre l'image et le désir. De même, le corps de sa femme qu'il savait désirable grâce aux informations excitantes fournies par sa mémoire et ses sens, ne l'inspirait plus autant depuis sa cécité. Selon lui, aucun sens ne compense vraiment la perte de la vision, pas même l'ouïe. La vue demeura la fonction souveraine pour Hull, même après qu'il avait conclu que sa cécité était un don de Dieu, un don « sombre et paradoxal » lui permettant d'accéder à une nouvelle forme de présence au monde.

Le désir, enfant de l'image ? « Il doit falloir du temps avant qu'un homme ayant perdu la vue à l'âge adulte ne transfère l'excitation sexuelle du champ visuel vers d'autres champs », concluait Hull avec ce que j'imagine être un petit sourire navré.

« L'œil est transitif, François, c'est le cœur de l'amour. Tu vois mon œil, et il voit en retour ton œil qui le contemple.

— Vertige de l'amour.

— Fais pas ton Bashung. Rien de tel avec l'odorat, l'ouïe, ou le goût, indispensables pour une perception complète de la réalité, mais abstraits en comparaison. Le toucher établit un contact immédiat avec toi, mais il n'est pas décisif comme la vue.

— L'œil est totalitaire, et les masses aiment ça.

— Fais le malin. Tu me quitteras si mes yeux nous quittent, ne peuvent plus te suivre, t'enjôler, te mater, et te faire comprendre combien tu me plais ?

— ... »

C'est une partie de « je te tiens par la barbichette » avec pour enjeu mon énergie vitale : je dois tenir la maladie en respect le plus longtemps possible. J'ai pour atouts l'adaptabilité, l'information, l'endurance, la solidité de mon entourage, une très bonne hygiène de vie grâce à un bon confort matériel, l'excellence de mes médecins et l'audace de chercher ailleurs ! Je ruse pour vivre « malgré ça », et empêcher la maladie de me bouffer la tête, de coloniser chaque moment d'abandon ou de gaieté. La contenir afin qu'elle ne corrode pas le présent. Pas question d'être encore paralysée par les crises d'angoisse, la nuit, avant l'aube, lorsque toutes les perspectives semblent bouchées. Le fameux « dans la nuit de l'âme il est toujours trois heures du matin » fitzgeraldien. Assiégée, mais pas asservie.

Je regarde toutes les modalités du glaucome en face, les ordonne, les trie, les hiérarchise par ordre croissant d'inconfort ou de risque, je me force à m'en amuser aussi souvent que possible, en noircissant le tableau pour faire rire sur la future borgne poilue, handicapée et acariâtre que je deviendrais si l'opération ratait. Mettre à plat, mettre à distance. Pour que demeure intacte une part d'insouciance.

Je n'ose pas poser ces questions simples à Sophie Massieu, journaliste bourlingueuse et aveugle de naissance : Que vous évoque *bleu ciel* ? *Couleurs de l'arc-en-ciel* ? *Rouge vif* ? *Noir* et *blanc* ? *Rose poudré* ? Des associations d'idées ?

Des lettres ou des voyelles comme chez Rimbaud ? Des musiques ? Des sensations ? Quel est le manuel de traduction ?

Diagnostiqué de la cataracte en 1912, le peintre Claude Monet fut opéré en 1923 par le docteur Coutela. Sans *s*, mais tout de même. L'homme dont Cézanne disait un peu méchamment « Monet n'est qu'un œil, mais quel œil ! » avait une peur bleue de l'opération, il se souvenait du drame vécu par le dessinateur Daumier, devenu brusquement aveugle après une intervention ophtalmologique. En 1922, Monet ne voyait plus que des ombres avec l'œil droit, et avait 1/10 à l'œil gauche. Sa perception des couleurs était très altérée. Le bleu, qu'il distinguait mal du vert, disparaissait de ses tableaux, le rouge et un vert tout sauf nuancé dominaient, les détails se dissolvaient, fouillis abstrait du *Pont japonais* de 1918. Georges Clemenceau insista pour que le peintre se soumette au bistouri et l'œil droit fut opéré en janvier 1923 : extraction de la cataracte, « aspiration des masses aussi complète que possible » – quand j'écris ces mots, je tremble.

Monet souffrit tant des suites postopératoires qu'il refusa que Charles Coutela touchât à son œil gauche : « Je regrette cette fatale opération, je n'y vois plus rien, avec ou sans lunettes, et depuis deux jours, les points noirs m'obsèdent », lui écrivit le pauvre Monet en juin 1923 avant de l'achever avec un « Laissez-moi vous dire que c'est criminel de m'avoir mis dans cette situation ».

Ce que confia par la suite Monet à Jacques Mawas, un jeune ophtalmologue, traduit non sans ingénuité un désespoir infini : « Je vois le bleu, je ne vois plus le rouge, je ne vois plus le jaune ; ça m'embête terriblement parce que je sais que ces couleurs existent, parce que je sais que sur ma palette il y a du rouge, du jaune, il y a un vert spécial, il y a un certain violet ; je ne les vois plus comme je les voyais dans le temps et pourtant je me rappelle très bien les couleurs que ça donnait. » Supplice de contenir en soi le souvenir des couleurs et des formes sans pouvoir restituer la première impression ressentie devant elles. Le peintre aveugle, quelle noise a-t-il cherchée aux dieux ?

« Dieu que tu es laid ! » s'est écrié Monet à Coutela lorsque celui-ci a soulevé pour la première fois le pansement, et posé une loupe au-dessus de l'œil du peintre pour tester sa vision.

L'humour du peintre, qui rend la monnaie de sa pièce au chirurgien.

« Je recommandais aux visiteurs des musées d'avoir l'oreille aussi éveillée que les yeux, car la vue est l'organe de l'approbation active, de la conquête intellectuelle, tandis que l'ouïe est celui de la réceptivité », écrit Paul Claudel dans *L'œil écoute*, essai mystique et symboliste sur l'art et la peinture publié en 1946.

J'imagine Claudel reçu à Giverny, déclamant ces mots définitifs à un Monet chaussé d'énormes bésicles, et aveugle (en 1946, il aurait eu cent six ans).

Tête de Monet.

Claudel, poseur, voyant, va !

En mai 2018 François et moi avons le privilège de passer une heure dans le musée de l'Orangerie vidé de ses visiteurs, ayant, pour nous seuls, les *Nymphéas*, le cycle peint par Monet entre 1914 et 1926, la « Sixtine de l'impressionnisme ». Nous faisons le tour de la salle comme des moines autour d'un moulin de prière. Les nymphéas glissent devant nous qui glissons devant eux dans une hypnose progressive et plus je regarde ces motifs, plus je vois des yeux, des yeux plissés, à moitié fermés, ou au contraire exorbités et injectés de sang. Nous sommes entourés de dizaines, de centaines d'yeux ondoyant dans l'espace des panneaux. Et parmi eux, quelques vulves. Ce qui revient peut-être au même.

Le neurologue français Raymond Garcin faisait remarquer : « la base de la médecine, c'est l'amour » et citait la réponse du Prix Nobel de médecine Charles Nicolle à un de ses collègues déplorant l'abattement moral de son patient : « Lui avez-vous pris la main, au moins ? »

Ce dévouement, cette bonté, cette humanité qui affleurent dans un cri du cœur teinté de reproche, combien de médecins les mettent-ils en pratique aujourd'hui ? J'en connais quelques-uns, dont la considérable Françoise, et un médecin de campagne du Val de Loire en semi-retraite. La profession est semi-sauvée.

Je m'étais juré de faire un sort aux ophtalmologues qui m'ont maltraitée depuis dix ans sans même y penser, par machisme, habitude ou perversité. À 90 %, des hommes. Tel ponte, ancien ophtalmologue des armées, dont vous sollicitez l'avis, et qui vous brise en deux : vous arrivez chez lui en état de quasi-prosternation, votre énorme dossier sous le bras, dégoulinant de déférence, navrée de gâcher les précieuses minutes de l'oracle ; le type sanglé dans un costume trois pièces, fier de ses souliers glacés comme des soleils, vous signifie qu'il n'écoute pas vos élucubrations de greluche, feuillette vos documents avec lassitude, vous ordonne de vous asseoir pour examiner votre nerf optique, lève les yeux au ciel lorsque vous vous cognez dans le tabouret, et positionnez mal votre menton ; là, le type hurle comme un possédé « détendez-vous !!! Et posez correctement votre menton !! ». Comment trouver la force d'éclater de rire et de le planter là ? Vous êtes à sa merci. Alors vous craquez, et fondez en larmes ; il détourne le regard, sali par votre faiblesse.

Tel autre, fils et frère de médecins, qui surveillait mon glaucome, à la fin des années 2000, et me recommanda de traiter ma forte myopie au laser, passant sous silence les conséquences de l'opération – le Lasik diminue l'épaisseur de la cornée, et perturbe irrémédiablement le calcul de la pression intraoculaire. Son assurance de faisan mondain me mena dans une clinique, la sienne, où, deux mille euros plus tard, le mal fut fait ; j'apprendrais plus tard qu'il avait été chassé d'un hôpital parisien.

Tel autre, encore, petit lascar grinçant comme un vieux gond, qui m'engueulait avec ferveur, me traitait de « mauvaise patiente », et me rendit brutalement mon dossier.

Lancez un malade sur le sujet de la brutalité du corps médical, il devient un réservoir inépuisable d'anecdotes grotesques et d'histoires révoltantes dont le mot de la fin est toujours le même : impunité.

Dans *Les Brutes en blanc*, Martin Winckler – l'alias du docteur Marc Zaffran – dénonce cette maltraitance impunie, la vanité doublée de condescendance des mandarins, l'infantilisation des patients, le sexisme, le harcèlement et la violence interne de l'univers médical, sans oublier la structure pyramidale très rigide qui reproduit la hiérarchie française des classes.

Les malades ne sont pas en reste. Certains d'entre nous sont agressifs, irresponsables, pingres, jamais contents ; nous interrogeons, demandons toujours plus, contestons parfois ; nous nous livrons au nomadisme médical lorsque nous en avons les moyens et cherchons de nombreux avis, au risque de déconcerter le médecin de référence ; mais l'asymétrie absolue de la relation – celui qui sait domine celui qui ne sait pas, celui qui peut écrase celui qui est impuissant, celui qui soigne et sauve tétanise celui qui souffre et meurt de peur – devrait inciter les médecins à prendre la main de leurs malades.

J'arrête là ma plainte. Il faut pardonner à sa pieuvre, à son corps, et aux salauds. Si les brutes en blouse blanche sévissent dans toutes les spécialités, on y trouve des chics types et des sacrées bonnes femmes. Quelle que soit la gravité de leurs diagnostics, leur bonté vous fait monter les larmes. Si vous osiez, vous vous jetteriez dans leurs bras. Votre gratitude leur est acquise, pour toujours. Elle et vous, lui et vous, constituerez une brave petite équipe soudée, lucide, vaillante dans les quarantièmes rugissants.

Mon glaucome est un sujet de déploration àquoiboniste et de conjurations plus ou moins sarcastiques, cela se sait chez mes amis qui me rapportent souvent des histoires étonnantes ayant trait à la vision.

Ainsi le drame de Simone T., pétaradante octogénaire parisienne, passionnée de littérature et de cinéma, trottant à toute heure dans la ville, et travaillant à mi-temps chez sa fille pour le plaisir de voir du monde.

Simone-qui-ne-se-plaignait-jamais se plaignit un soir d'avoir mal aux mâchoires. Un peu mal, une drôle de sensation, la fatigue, relativisa Simone, qui ne souhaitait pas inquiéter les siens. Sa fille lui conseilla de rester tranquille, au chaud, de ne pas faire de mouvements inutiles, de prendre un cachet ou deux, d'attendre ; nous aurions tous adopté la même attitude protectrice-rassurante-incompétente. Trois heures plus tard, le mal était devenu lancinant, la tête de Simone cognait dans un étau ; le beau-fils, un philosophe mécontemporain, et la fille de Simone s'interrogèrent – « abcès dentaire ? rhumatismes ? arthrose ? » – puis s'avouèrent qu'ils n'y connaissaient rien et lui conseillèrent une prise supplémentaire d'antalgique, « on fera venir le médecin demain à la première heure si le mal persiste ». De généralistes perplexes en cachetons inefficaces, on perdit deux semaines, à l'issue desquelles Simone était devenue complètement aveugle. Maladie de Horton. Infarctus de l'artère temporale. Altération du débit sanguin vers le nerf optique. Cécité irréversible. Les symptômes ? Fièvre, névralgies faciales, mal aux mâchoires, douleurs temporales, hypersensibilité du cuir chevelu au brossage, d'où le surnom désuet de « mal du peigne ». Si poser la tête sur l'oreiller vous arrache des cris, un conseil : foncez à l'hôpital.

« Les vieux médecins généralistes connaissent tous la symptomatologie de Horton, mais les jeunes n'en ont aucune idée », soupira Françoise la doctoresse antimoderne, lorsque je lui narrai les malheurs de Simone.

« Seule une perfusion immédiate et massive de cortisone empêche la cécité. Mieux vaut vivre à proximité des Quinze-Vingts ou d'un centre hospitalier avec urgences dignes de ce nom », conclut-elle. La désertification médicale de la France des campagnes et des « territoires enclavés » explique sans doute quelques cécités mystérieuses.

Détail plaisant à propos des corticoïdes : leur usage peut provoquer un glaucome.

Fin 2017, je donnai rendez-vous pour déjeuner à l'éditeur de ce livre dans un bistrot tenu par une amie de Simone. Un an s'était passé depuis qu'on m'avait raconté sa pathétique histoire. J'écrivais, je consultais, je frimais, mais j'avais peur de ne plus pouvoir lire avec mon œil gauche. Selon un jeune ophtalmo du privé, mon glaucome était stabilisé ; selon Françoise, dont la formule percutante me hantait – le sablier se vide –, la maladie s'aggravait et il fallait opérer. Enfin, selon le professeur Baudouin, un des meilleurs chirurgiens glaucomatologues de France, la chirurgie n'était pas encore à l'ordre du jour. Trois avis opposés, de l'art de voir le sablier vide ou plein. Arrivée très tôt au restaurant, je m'installai pour attendre Christophe. Surveillant la porte, je la vis s'ouvrir devant une canne blanche tenue par une vieille dame énergique, que suivait une jeune femme osseuse, tête basse. Simone. Ce ne pouvait être que Simone, image de la résilience accompagnée par celle de l'accablement.

D'une voix rauque, un peu gouailleuse, Simone a commandé du champagne qu'elle a bu à la paille. Je l'ai observée puis abordée. Drôle, tonique, Simone m'a raconté son calvaire médical avec des praticiens qui lui en faisaient « voir de toutes les couleurs » depuis deux ans à propos de sa cataracte. Je ne me suis pas étendue sur mon glaucome et fixai sans vergogne ses yeux : bleus, incroyablement limpides, sans cette apparence laiteuse qu'ont parfois les yeux aveugles. Un regard franc, profond, presque amusé qui se dirigeait naturellement vers le mien. Le regard pénétrant d'une non-voyante.

« Vous ne voyez vraiment rien ?

— Plutôt rien, des formes, du gris, du noir, des ombres.

— Et qu'est devenue la lecture, Simone ? Vivre c'est lire, nous le savons vous et moi.

— Tous les jours, mon petit-fils, mes amis et parfois même mon beau-fils viennent me faire la lecture. Je ne suis plus autonome… mais j'ai beaucoup de chance. »

Simone saisissait son manteau au moment où mon éditeur entra. Il la trouva belle, s'étonna de son histoire, et de notre présence à tous les trois, ce jour-là. J'étais retournée par la rencontre, voulus voir dans cette coïncidence un signe. Un aruspice perspicace dirait que ce livre, qui m'en a fait voir de toutes les couleurs, comme dirait Simone, est ce signe.

« La secrète noirceur du lait. » La formule d'Audiberti m'a toujours envoûtée sans que j'en comprenne la raison. Aujourd'hui, sa signification profonde m'étreint. Au sein de la blancheur gît le noir, pas son contraire, mais son au-delà, son principe inversé, comme la jouissance culmine dans une souffrance intenable que l'on cherche pourtant, encore et encore ; le blanc tend vers l'obscurité, le noir et l'anéantissement. La mort et la dégradation travaillent en secret le lait, symbole de vie et de pureté, tout comme la nuit tombe comme un couperet sur le jour, promesse finale celée dans l'œil humain.

Le langage est voyant. Tu vois ce que je veux dire ? Ça crève les yeux. Regardons le problème en face. Faire une confiance aveugle. C'est tout vu. Quel m'as-tu-vu. Faut voir. Avoir un droit de regard. Jette un œil. Y aller à l'aveugle. Au regard des résultats. Au revoir. Etc.

La langue française, les yeux fermés.

Les aveugles usent-ils de ces automatismes, ces métaphores auxquelles on ne prête même plus l'oreille ? La réponse n'est pas *non*. J'ai rencontré une psychiatre aveugle qui ponctue ses propos de « vous voyez » et s'amuse de l'effet produit sur son interlocuteur, plus encore quand on relève. Qui sait si certains malvoyants plus politisés, plus vigilants, hostiles à la dimension visuelle de la langue – selon eux un équivalent de la domination du genre masculin sur la grammaire française – n'ont pas purgé leur lexique de ces allégories, clichés (tiens donc) et expressions légitimant la supériorité du sens de la vue sur les autres ? Je n'en connais pas mais peut-être existent-ils, comme existent des sourds qui, à l'appareillage encombrant, préfèrent leur langue, la langue des signes française, reconnue par la République depuis 2008, et objet d'un combat politique pour accroître sa diffusion.

Le langage a été élaboré par les voyants, les entendants, les bien portants. L'aveugle, minoritaire, se sert de la langue de la majorité. Y pense-t-il ? La détourne-t-il, cette langue ? La déjoue-t-il avec un goguenard « c'est tout vu », qui souligne l'absurdité de la situation ?

Certains aveugles considèrent qu'il y a une forte corrélation entre voir et savoir. La cécité mènerait à l'ignorance. D'où le rôle déterminant de Louis Braille dans la lutte pour le savoir, et de son invention du système d'écriture tactile, qui permet aux aveugles de lire « l'œil au doigt », selon le mot heureux de Jacques Derrida. Braille est devenu aveugle à la suite d'un accident idiot : à l'âge de trois ans, il s'est crevé l'œil droit avec un outil perforant, non loin de l'atelier de son père, bourrelier. Une infection a gagné l'œil gauche et l'enfant a perdu la vue. Il apprit à lire sur des lettres en relief à l'Institut des jeunes aveugles de Valentin Haüy, à Paris. Brillant élève, il enseigna, et développa sa machine à écrire l'alphabet en relief, à l'aide de points saillants, entre 1825 et 1830. Le braille s'est imposé au milieu du XIXe siècle, et la mise au point de l'écriture à six points demeure le coup de génie du tout jeune homme qui changea la vie des aveugles en donnant un relief, un corps, une matérialité aux lettres et aux mots. Braille fit passer le mot de l'invisible au visible, de l'immatériel au tactile.

Le *tracé* d'un mot ou d'une image, sa relecture, sa correction, son repentir, ce tracé que j'effectue en ce moment au bic sur mon manuscrit, trace une infranchissable ligne de séparation entre voyants et non-voyants.

Une camarade, aveugle de naissance, me conseille d'apprendre le braille, « pour ne pas être prise au dépourvu, si tes opérations échouent ».

Sa prévoyance me pétrifie. C'est à moi qu'on suggère d'apprendre le braille ? Je ne peux pas me projeter dans un futur où le braille deviendrait l'auxiliaire de mon existence ; écrire ou enquêter sur Louis Braille, soit, mais l'apprendre à mon âge ? Opérer une révolution cognitive, quitter l'automatisme de la reconnaissance visuelle pour un mode de déchiffrage tactile ? Abandonner les caractères d'imprimerie sans retour en arrière ? Passer le pont et entamer un voyage solitaire vers une contrée d'outre-tombe comme l'annonce un carton dans le film *Nosferatu* de Murnau : « Et quand il eut dépassé le pont, les fantômes vinrent à sa rencontre. » Aveugle, la vie fantôme ?

Un examen médical est imposé par la préfecture à quiconque souhaite repasser le permis de conduire, après une annulation. C'est mon cas, en cette fin d'année 2016, à cinquante-trois ans. Loin d'être un pensum, repasser le permis m'intéresse, car j'éprouverai mes limites physiologiques liées au glaucome et devrai les dépasser, ou les compenser. Mon premier permis remonte aux années 90. J'avais une vision parfaite et aimais plus que tout conduire la nuit, seule, le pied sur le champignon.

J'ai choisi un médecin dans la liste de la préfecture ; il me présente un questionnaire de santé succinct, c'est une formalité. Tension artérielle, questions de routine.

« Tout va bien ? Pas de maladies à signaler ?

— Nooon. »

Je mens par omission, sans vergogne.

« Parfait, signez là. Ah, j'oubliais, on n'a pas fait le contrôle réglementaire de la vision.

— Pardon ?

— Il faut lire les lettres sur le panneau lumineux qui est là-bas, rien de méchant, comme chez l'oculiste. Prenez le cache, allez-y, œil droit, œil gauche. »

D'une voix de souriceau coincé dans les mâchoires de Grosminet, je tente :

« C'est vraiment nécessaire ?

— Bah, oui. »

Je fais deux pas, j'ai cinq secondes pour trouver une parade ; impossible de lire les lettres avec mon œil droit si le gauche est masqué, certaines lettres seront invisibles ; il s'en étonnera, m'interrogera, je craquerai, avouerai le glaucome, il le signalera, convocation, fin du permis, et fin de l'autonomie.

Moment de panique, à la limite du burlesque : je lui crie que la prise alimentant le tableau lumineux me semble mal enfoncée dans le mur, et je lis les lettres avec tous mes yeux, à toute allure, ligne après ligne, tandis qu'il s'agenouille pour examiner sa prise de courant avec circonspection, raie des fesses bien en évidence.

De dos, il demande : « L'œil droit c'est fait ?

— Oui.

— Parfait. »

Je ressors du cabinet médical en sueur, le certificat-sésame dûment signé et tamponné. Je m'engouffre dans le métro, et je ris, toute seule, sans pouvoir m'arrêter, je m'esclaffe en repensant à mon culot de vaurienne, on m'observe, tant pis, j'exulte. J'ai eu le bon réflexe, et un sang-froid de tueuse. On ne m'empêchera pas de faire ce que l'état de mes yeux autorise encore : conduire à la lumière du jour.

Ma vue est saisonnière. Avec ses longues journées, l'été offre un répit, mais l'hiver est synonyme de problèmes pratiques. Circuler au volant la nuit en ville est devenu impossible : explosion anarchique de lumières, fête foraine hystérique, phares aveuglants, lampes, néons absorbant l'obscurité comme des papiers buvards, diodes électroluminescentes vrillant les nerfs optiques. La conduite est dangereuse et la marche à pied seule nécessite précautions et lenteur. Je tombe, je bute, je trébuche. Je me suis éclaté le pouce une nuit d'hiver en glissant sur un trottoir, j'ai failli me casser les dents sur un banc. Trop de lumière tue la vue. Charbonneuse et brillante, la ville devient un circuit piégé. Des années de mémoire visuelle n'y peuvent rien. Adieu velours étoilé de la nuit hivernale parisienne. Je reste chez moi.

En mars 2017, j'ai eu la conduite avec 29,5 sur 30, sur le site d'examen de Clamart surnommé « Le hachoir à viande ». La viande, c'est nous, apprentis conducteurs trop confiants, nuls et vite massacrés. L'examinateur n'avait jamais vu quelqu'un d'aussi concentré que moi, a-t-il confié au moniteur de l'auto-école qui m'a rapporté le compliment comme s'il y était pour quelque chose. Je jouais ma liberté lors d'une épreuve d'à peine vingt minutes. Comment pouvaient-ils le savoir ?

La vue devant soi, c'est fini.
Voir moins, vivre mieux ? Chiche.

À la fin de sa vie, bien qu'aveugle, Jorge Luis Borges voyageait de plus en plus. « Vous allez me dire qu'étant aveugle, je ne vais pas apprécier ; je ne le crois pas. Le fait même de penser "je suis au Japon" représente déjà une richesse. Je ne peux pas voir les paysages mais je les perçois, à travers je ne sais quels signes. »

Et d'enfoncer le clou de sa démonstration sur la force des vibrations, des émanations, des manifestations extra-visuelles en déclarant à Ramón Chao, son intervieweur : « En ce moment, je perçois votre amitié, non par ce que vous me dites. J'aurais préféré conserver la vue, mais la voix est si personnelle que le fait de ne pas vous voir n'a pas beaucoup d'importance. »

Fondé sur la sensibilité et l'instinct, le rapport avec autrui met en branle d'invisibles capteurs. Ce rapport est menacé par la froide efficacité du numérique, et ses leurres déshumanisants. Imagine-t-on l'assistant vocal d'un smartphone ou de Google éprouver une amitié sincère pour Borges, et celui-ci percevoir son amitié ?

La compétition fait rage entre les écrans et le réel, avec, dans le rôle de l'otage frappé du syndrome de Stockholm, l'œil humain qui aimait tant rêver et dériver, dévisager et braconner des visions naturelles, lumières boréales, temple du Bayon sous une pluie de mousson, îles grecques du Dodécanèse, forêts de bouleaux, îles vertes, ciels céruléens à vous donner envie de retourner vers les oiseaux, comme chantait Léo Ferré.

Avec la faculté de concentration, nos yeux sont les autres grands perdants de la révolution numérique : selon des études scientifiques entamées il y a une dizaine d'années, la myopie s'accroîtrait chez les jeunes ayant grandi avec les tablettes ; habitué à fixer un écran situé à moins de quarante centimètres devant lui, plusieurs heures par jour, tous les jours, l'œil deviendrait paresseux et myope.

C'est une minuscule anecdote venue d'une encoignure de l'histoire humaine, elle n'intéresse pas grand monde à part les paléoanthropologues, mais je moissonne les histoires de ce genre car elles me distraient et m'aident à relativiser. À l'origine de l'œil humain il y a un petit ver aquatique au nom de personnage de manga, Pikaia, apparu au précambrien, il y a 570 millions d'années. Cet animalcule qui ne dépassait pas les cinq centimètres de long et se déplaçait dans les grandes profondeurs océaniques à la façon d'une anguille fut un révolutionnaire : le premier chordé (premier de cordée ?) à disposer d'une tige flexible dans le corps, sorte de charpente annonçant les futures colonnes vertébrales. Pikaia et son embryon d'œil est l'ancêtre des vertébrés, le premier d'une lignée qui mènera aux mammifères et au chef autoproclamé d'entre eux, le fameux sapiens.

Aujourd'hui, à l'ère anthropocène, le cerveau humain – bientôt transhumain – accroît sans cesse ses capacités cognitives mais l'œil s'affaiblit. Nous avons désormais, à l'échelle de l'espèce, ce que nous méritons : un écran entre l'œil et le monde.

Je tape ces mots sur un écran d'ordinateur. Il est bon de savoir dans quelles contradictions nous sommes englués.

Ma fille a seize ans, le bon âge pour mener une guerre perdue d'avance. Technosceptiques, combien de divisions ? Quand je lui dis : « Vite, regarde le ciel, le coucher de soleil, la mer, dis, tu as vu ce bâtiment, cette perspective, cet arbre qui avance, car les arbres avancent et les forêts aussi, tu veux que je te montre le livre où je l'ai lu, ce tableau de Yokoyama Taikan, le peintre japonais qui figurait le mont Fuji comme une vapeur de songe, regarde donc, lâche un peu ton téléphone », elle affiche le rire poli que je réservais, adolescente, aux lubies des viocques. Et replonge dans ses écrans. Lutte d'arrière-garde pour que survive le regard nu, en plus de mon combat pour garder un peu d'acuité visuelle.

Voir de moins en moins bien, mais par décantation, apprendre à revenir à l'essentiel, l'amour. Voilà le programme. Renforcer le lien avec l'autre, assumer le besoin de l'autre ; s'engager dans l'aventure terrifiante et nue de la confiance. Collaboration, solidarité.

Qui perd, gagne.

Le peintre André Marchand, qui vivait en symbiose avec la nature, se sentait perçu par elle : « Dans une forêt, j'ai senti à plusieurs reprises que ce n'était pas moi qui regardais la forêt. J'ai senti, certains jours, que c'étaient les arbres qui me regardaient, qui me parlaient… Moi j'étais là, écoutant… Je crois que le peintre doit être transpercé par l'univers et non vouloir le transpercer… »

Absorbé, accueilli, mobile dans l'immobile, dissous dans la splendeur calme.

Marchand d'harmonie.

Pourquoi Jacques Derrida s'interrogea-t-il tant sur l'écriture des aveugles, au point de se metre à la place de l'aveugle, de « jouer à écrire » les yeux fermés ? Je mise sur l'empathie, le début de l'amour de l'autre.

« Que se passe-t-il quand on écrit sans voir ? Une main d'aveugle s'aventure solitaire ou dissociée, dans un espace mal délimité, elle tâte, elle palpe, elle caresse autant qu'elle inscrit, elle se fie à la mémoire des signes et supplée la vue, comme si un œil sans paupière s'ouvrait au bout des doigts […] Du mouvement des lettres, de ce qu'inscrit ainsi cet œil au doigt, l'image sans doute s'esquisse en moi. Depuis le retrait absolu d'un centre de commandement invisible, un pouvoir occulte assure à distance une sorte de synergie. Il coordonne les possibilités de voir, de toucher, de mouvoir. Et d'entendre, car ce sont déjà des mots d'aveugle que je dessine ainsi. »

Au printemps 2018, j'expliquais mon projet ce livre à un ami éditeur et écrivain de marine : offrir un témoignage honnête sur la maladie et le visible. Pas un mot, à ce moment-là, sur les desseins plus flous de l'entreprise. Je ne les avais pas encore identifiés. « Témoigner », c'est pour la galerie. Le véritable objectif du livre m'apparaît aujourd'hui : conjurer la catastrophe annoncée en négociant avec l'invisible, comme disait Tobie Nathan. Comment ? En me mettant à nu. Pareil dévoilement *ne peut pas* ne pas être gratifié en retour d'un *geste* des puissances. Un don, une amélioration de ma vision, une rémission de la maladie, ou le cadeau d'autres livres ? Quel malade malaxant la matière de son malheur ne nourrirait pas semblable espérance ? Elle n'est pas très reluisante, cette espérance. Et si je l'avoue, n'est-ce pas pour me faire bien voir ?

Écrire sur la maladie est une lutte contre la honte, le déni et la peur. Ce combat me coûte, et je prétends être payée en retour. Je veux que les forces invisibles me permettent de jouir du visible. Je ne suis pas une âme supérieure, comme l'admirable John Hull. Je redoute plus que tout de devenir aveugle, je suis prête à me torcher avec ma dignité si cela me garantit des nerfs optiques et des cellules ganglionnaires de nouveau-né. Avancer, noir sur blanc, pour gagner plus de courage, écrire péniblement, et gagner, ligne après ligne, un peu de terrain sur l'adversité. Écrire, y croire.

Quand ce livre sera publié, je me retrouverai prise entre deux termes inconfortables l'un et l'autre. Si ma vue ne s'est pas dramatiquement dégradée, on me soupçonnera d'imposture ; si je suis devenue malvoyante, ou borgne, j'incarnerai pleinement mon texte mais ma vie sera détruite, en attendant que je trouve les ressources intérieures pour supporter de vivre sans voir.

Diminuée, mais moralement augmentée aux yeux des lecteurs, ou préservée de l'avancée de la maladie, mais décevante aux yeux de ce même lecteur. Y a-t-il une obligation de maladie ?

Que désires-tu sincèrement, lecteur ?

Assumes-tu d'être un peu voyeur ?

Je rêve qu'on m'annonce : « Une équipe médicale a mis au point un traitement permettant de régénérer le nerf optique, c'est miraculeux. Un billet d'avion, une semaine en clinique, et vous reverrez comme avant. » Irais-je ? Je perdrais mon cher sujet, ma passionnante maladie, source de révélations, de considération, de commisération, mon inséparable maladie. J'ai tellement de mal à faire avec, mais saurais-je faire sans ?

Automne 2018. La menace sur le point de fixation de l'œil gauche se confirme : une intervention au laser est décidée à Paris, et confirmée par l'ophtalmologiste que je consulte une fois par an à la clinique Sourdille de Nantes. L'iridectomie est pratiquée aux Quinze-Vingts par le professeur Baudouin, qui me fait penser à une version adulte du Petit Nicolas de Sempé, avec son nez en l'air et son regard mélancolique. Laser matinal. « Fixez les lumières droit devant vous. » Ça ressemble aux feux arrière d'une Smart. Diodes rouges, laser argon SLT, guerre des étoiles, guerre au glaucome, bombardement désagréable mais supportable de petits grains de lumière. Pif, paf. À gauche, à droite. Un trou dans l'iris, pour que l'humeur aqueuse s'écoule vers l'avant sans rencontrer de résistance. On espère que la tension ne montera plus la nuit.

C'est déjà fini ? Je m'en faisais un monde, n'ai pas dormi la veille, et me trouve lésée. La rapidité de l'acte effectué sans la solennité de la chirurgie me fait douter de son sérieux et de son efficacité. Je vis au XXIe siècle mais me surprends à considérer cette médecine de pointe avec la méfiance d'une paysanne du milieu du XXe siècle montée à la capitale.

« Je ne vois rien, dit Josette, mais si je voyais, je haïrais tout ce que je vois. Je haïrais les hortensias rouges sur mon passage, et je haïrais les pochettes de disques, je haïrais les images de la télévision, je haïrais le visage de mon père et de ma mère, je haïrais le ciel et je haïrais la nuit, je haïrais la transparence des larmes, je n'aimerais aucune couleur que celle de tes yeux décolorés, je n'aimerais voir que toi. »

L'amour consume et tue, dans *Des aveugles*, roman d'Hervé Guibert. Le mari, la femme, l'amant, trois marginaux non-voyants. Robert tripote des objets, Josette achète des souris blanches auxquelles elle crève les yeux, Taillegueur masse et baise Josette à lui en faire perdre la raison. Trois représentations de ce que la société des voyants concède aux handicapés : révolte en chambre ou autodestruction, travaux manuels, pulsions dépravées, le tout à l'abri des regards.

Bien sûr que j'aimerais connaître ce prodige, l'équivalent de la fonction « rewind », « rembobinage » sur nos vieux magnétoscopes balancés à la casse : le retour en arrière, à la vue originelle !

Doit-on haïr sa maladie ? Je n'aime pas ce glaucome qui menace ma vue. Mais le haïr avec une passion fulminante, comme celle qui anime la Josette d'Hervé Guibert, serait vain.

Il détermine mon existence et me handicape mais il n'est rien, rien qu'un dérèglement.

Le glaucome fait apparaître des plis dans le visible, suscite des ressources insoupçonnées, met en résonance, force à apprivoiser les ombres. La maladie est un révélateur, au sens photographique. En cela seulement, elle ressemble à un don.

J'arrive à l'oublier une matinée ou une soirée entière, c'est nouveau. La panique des premiers temps s'est muée en angoisse, plus facile à contenir au quotidien. J'ai développé une autodérision bravache – « Vous n'aviez jamais vu d'éclipse totale de soleil ? Zyeutez mes champs visuels, c'est la même chose, et pas besoin de lunettes protectrices ! » – qui m'évite de pleurer après un examen alarmant et me procure la satisfaction d'en imposer un peu aux médecins. Le glaucome est là, inexpugnable. Nous mourrons ensemble. Je veux pouvoir le surveiller comme on le fait d'une chaudière (ou d'un percolateur), techniquement, sans passion. Il cesse d'être un objet d'étude et retrouve son statut de maladie commune, non mortelle.

Il y aura sans doute une opération chirurgicale, même si la balance bénéfice-risque comme disent les médecins d'aujourd'hui penche vers les séquelles postopératoires.

À moins que d'ici 2025 la science n'ait fait une avancée révolutionnaire dans le domaine des greffes de cellules souches ; tout deviendrait alors possible, venger Monet et m'exclamer après la greffe « j'y vois comme avant, c'est un miracle », ce qui ferait sourire mon neuro-magicien auquel je rapporterais de Venise, quelques semaines après l'intervention, une image de sainte Lucie, le haute technicité n'exclut pas le merveilleux.

Je veux croire aux protections que me confectionneront encore Mahamane et ses amis maliens ; leurs effets sont impossibles à mesurer mais ces protocoles de magie blanche me donnent la joie incomparable de me sentir reliée à des gens pour lesquels voir est bien plus qu'une affaire rétinienne.

Après avoir célébré la confiance dans les pages qui précèdent, le moment est venu de mettre en pratique ma foi dans l'autre. « J'ai toujours eu confiance dans la bonté des inconnus », dit Blanche DuBois à la fin d'*Un tramway nommé Désir*, de Tennessee Williams. (« *Whoever you are – I have always depended on the kindness of strangers* »). Ironie mise à part, car Blanche s'adresse à un aliéniste, cet aveu désarmant pourrait être la devise des malvoyants. Vulnérables, mais confiants.

À moi les visions intérieures illimitées, et ta main gracieuse, François, pour m'aider à traverser, si besoin est.

Merci à

François Armanet, Maria Audi, Paul Audi, Christophe Bataille, Pr Christophe Baudouin, Dr Christian de Beauregard, Nathalie Bloch-Lainé, Martine Boutang, Florence Delay, Jacqueline Delia, Élisabeth Dion, Jean-Paul Enthoven, Olivier Frébourg, Antoine de Galbert, Dr Jean-Marc Guénoun, Amélie Hardivillier, Dr Patrice de Laage, Léo Lascurettes, Jean-Claude Meyer, Valérie Millet, Dr Mirabel-Sarron, Tobie Nathan, Jean-Paul Nougaret, Pr Yves Pouliquen, Dr Pierre Yves Santiago, Philippe Tesson, Mahamane Touré, Dr Françoise Valtot, Dr François Weil-Picard.

Cet ouvrage a été imprimé par
CPI BRODARD ET TAUPIN
pour le compte des éditions Grasset
en décembre 2018.

Mise en pages
PCA 44400 Rezé

PAPIER À BASE DE
FIBRES CERTIFIÉES

Grasset s'engage pour
l'environnement en réduisant
l'empreinte carbone de ses livres.
Celle de cet exemplaire est de :
450 g éq. CO_2
Rendez-vous sur
www.grasset-durable.fr

N° d'édition : 20724 – N° d'impression : 3031625
Dépôt légal : janvier 2019
Imprimé en France